U0723111

爱不妥协

六六 著

长江出版传媒 长江文艺出版社

北京长江新世纪文化传媒有限公司
www.cjxinshiji.com
出品

CHAPTER

1

往后余生，没有风花雪月

CHAPTER

2

人为什么要有孩子

CHAPTER

3

出
世
和
入
世

CHAPTER

4

拿起行囊就走

CHAPTER 1

往 后 余 生，
没 有 风 花 雪 月

爱人，是折中的选择

和朋友聊起感情生活，我前几天见过她先生，跟她说："你俩没夫妻相，看起来不像一家人。"

她笑了，说："你这样说，我多难过。"

我说："就一句旁观话，莫往心里去。"

她说："我以前有个男友，与我情投意合，但很奇怪，俩人过着过着，就别扭，总别扭，就分开了；后来又有一男友，特别吸引我，可总让我觉得担惊受怕，明显跟我不是一个路数，就又分开了。这时候我老公出现。第一个男友偏左，第二个男友偏右，而他不左不右，刚刚好卡中间，就选他做老公了，这一路就走得稳稳当当。"

我大笑，说："你选对了。我的经历和你类似。"

我第一任男朋友就是我的前夫。俩人郎才女貌（也

许他不这么认为），我爱他到骨头里，为他肯吃一切苦
受一切罪，都磨炼成金刚钻了，最后还是分手；第二任
男友，俩人都不是扎实过日子型的人，我奔忙，他奔忙，
太形而上没接上地气，也分了；到秀才，一拍即合，都
不存在过渡，前两人的牺牲，就为给他铺路了。若秀才
在我情窦初开时走进我的生活，我眼角都不会望他，当
然他也看不上我。

我以前最讨厌现在热捧的"暖男"。我爹就是"暖男"，
他在我眼里的形象就是系着围裙抄着锅铲满头大汗奋战
在厨房。

我眼里的男人，那应该是上知天文，下知地理，知识
渊博，无所不通。我不需要他分得清葱还是蒜，也不需要
他知冷知热，沾染尘埃。他就应该十指不沾阳春水，躺在
沙发上指点江山，坐而论道都怕他累着。

后来就一直奔着这样的男人而去，一猛子扎进去谁都
劝不回。

女人成长起来飞快。

爱不妥协

　　等我世界观、人生观形成了，本事学个一星半点了，背一身房债了，儿子落地了，我就觉得累。

　　剖官产伤口没好就要出去挣钱，腰弯不下去还要喂奶换尿布，没人伸手的时候，多能论道都不仰慕了。

　　生活就这样把个小仙女变世俗了。还房贷，抱儿子，做晚饭，你随便挑一样！一屋不扫就滚蛋。

　　男人其实挺悲哀的。他还是那个他，你不再是那个你。

　　太爱的感情不好。太爱的感情，就要求有回应。因为心存完美，就不能承认人性的缺点。而不那么爱的感情，就会有距离，就能够冷静客观，真心接纳对方的缺点，并从理性客观的角度接受人性。

　　遇到秀才以后，这个与我倾心的书生形象有很大差距的男人，用一颗滚烫的心在温暖我，细心地看护我，我听不到他说一句格言警句，从不引经据典，却扎扎实实做好每一件看起来不起眼的小事：修衣架，关煤气，给我的光脚穿上袜——只要医生嘱咐我禁止做的事，他一定用心照料，让我咳嗽不再犯。他没什么玄奥的理论，却把我散落一地的泪珠穿起来藏进柜子，我好久都没伤心过了。

我于是知道，自己不过是凡夫俗子，自然不能与空灵的男人成就惊世骇俗的事，纵使仙子与我相爱双修，我都不可能度化成精灵。我就只能跟秀才这样的七窍已经开了六窍的男人偕老。

四十岁上，能欣赏夫妻俩牵着手出去散步，绕着世纪公园遛弯儿——而这里一对一对超过我们的，都是六十以上的老头老太；四十岁上，愿意公母俩双双下厨，我烧菜来你洗碗，我削皮来你剥蒜；四十岁上，开始觉得疲倦，像老头老太那样开始养生，一个给另一个拔罐，另一个给这个刮痧；四十岁上，喜欢那个健硕的男人拎着大包小袋，让我空着两手还拽着他胳膊悠荡。

那些我曾经喜欢和愿意为之牺牲的不食人间烟火的爱情，离我而去了。

上天给了我一个幸福的中晚年，不是要把我的才华收走吧?

我是开玩笑的。

我其实不介意人家说我长得难看,我能承受得住才华的负担。

Chapter 1
往后余生，没有风花雪月

你是我的宝

每个人见到秀才都会讶异："你就是大名鼎鼎的秀才？哎！六六为什么叫你秀才？！"

我知道他们的言下之意——秀才更像武夫。他真的是当兵的，却没有《叶塞尼亚》里当兵的那么俊美。小眼儿、光头、大长腿是他的标志。他去照标准相的时候，摄影师对着镜头喊："先生，不要睡了，把眼睛睁开好吧？"秀才哭笑不得："这已经是我能睁到的最大了！"

2012年我人生低谷期，等一切手续办完，家里空荡荡少了一半，我情绪低落，把儿子交给父母照看，家里只有老猫与我做伴。夜里怕怕的，我好多年没有单过了，连电视机都不会开。想到后半生也许要孤单，忍不住对灯自怜。

爱不妥协

　　帮助女人爬出低谷的，是她的工作。这句话，Facebook（美国一个社交网站，中文译为"脸书"）首席运营官桑德伯格也说过。她在丈夫骤然去世后，用工作填满悲哀。单身后一周，我投入密集的《心术》电视剧宣传，可是，我一走半个月，家里的老猫谁照看？

　　我让姐们儿派个姑娘来帮我看家，姐们儿说："小姑娘万一出点啥事，你我都担待不起，让个爷们儿来吧！"我说："人家老婆没意见？"姐们儿说："没事，他单身。"

　　一个大老爷们儿过来照看我的猫，每天在我工作之余发来猫的照片，表示猫还活着。半个月后回家的那天，我跟他说："我晚上十点半到家，你等我回来再走，我唯一的家门钥匙在你那儿。"他答好。

　　结果，那天飞机晚点，我到家已经夜里三点，他开门的时候，行李放在脚边，钥匙一转交，就要走。

　　我看外面风雨交加，就说："别走了，留下来住吧！"然后冲进卫生间洗漱吹头发。留下愕然的他。

　　夜里，他睡不踏实，不知我留宿他的目的，锁门不妥当，不锁门好像更不妥当，借着上厕所的空听我的房。据说，我在里面的鼾声，能抵半个音响。

次日早晨，我走到客厅，看见他正甩开膀子吃面，一见我甚是拘谨，起身示意，再坐下，连胳膊都夹紧了，也没了刚才的酣畅。

客厅的花架上，鲜花盛开，那些被我养枯萎的植物包括仙人掌，都不见了。厚厚的过冬窗帘改了过夏的薄幔轻纱，一直没心力收拾的电暖器也被收藏起来，地毯上的小玫瑰，第一次看见它初始的烂漫。整个家变了一个模样。

他解释说："我听你每次微信里留言总是咳嗽，猜想可能尘螨过敏，我把家找人重新洗刷了一遍，放了点绿色植物，我等下走了，你记得给花浇水。能把仙人掌都养死的还真不多见。"

我突然说："别走了，留下吧！接着住！"

他愣住了。

我说："我宣传还没完，今天下午就去杭州。你再坚持两天。"

说完我冲进房里把包抱出来，掏出钱包、银行卡和护照，"我对家里一切内务都不太熟，以前不归我管。我没缴过水电煤气费，估计要欠费了，好多文件现在散落各处，我没心思找，麻烦你帮我归置一下？拜托了！银行卡密码是我生日。"

等我再次回家，他又收拾好行李站门口等我，交完钥匙想一走了之。

我说："等一下！"

我走进书房，书架上有一格码放了几个文件夹，标注清楚：物业资料、各类证书、出版编剧合同、社会关系……

我指着文档跟他说："你看，我所有的秘密你都知道了，我不可能让你活着走出我的家。你有两个选择：要么成为自己人，要么被我灭口。"

他惊愕地看着我。

我说："你难道不明白历史的车轮都是这样前行的吗？能干是一种错，尽职尽忠者也前途未卜。其实我是明主，爱才惜才。你看，你单身，我未婚，我们不如就

一起过吧！要是彼此合适，就两情相悦；彼此不合适，
室友也不错，我不收你房租。"

他从此就没敢再跨出我的家门。

早晨起床刷牙，看见洗漱台上放着一瓶与我各色瓶罐
风格迥异、线条俊朗的大宝，自己傻呵呵地就乐开了。

他问："你笑什么？"

我指着他的那个瓶子："我一直觉得自己活得人畜无
害，喜闻乐见，心地善良，略有贡献，不知为何老天要给
我重重考验，原来是留了个大宝，陪我度过人生后半段。
喜欢！"

他边刷牙，边抓抓我的头发。

儿子偶得第一次见他，是我们一家去看实景《牡丹
亭》。

戏里，书生叫小姐为"姐姐"，小姐叫书生"秀才"。
偶得能够理解什么是"姐姐"，却不理解什么是"秀才"。
偶得问："妈妈，什么是秀才？"

我觉得这太难回答了，敷衍道："就是亲爱的。"

爱不妥协

　　偶得恍然大悟，拉着他的手，放进我的手心说："原来他就是你的秀才。"

　　亲爱的我的大宝，没有你以前，我以为我不会再有爱情了；有了你以后，我才知道，真正的爱情，不是刹那的天崩地裂，而是日日相见关爱，厮守岁月。

这个老，是天荒地老

我在夜里，一遍一遍听《一生所爱》。秀才在屋里打呼噜。秀才每天睡觉的时间是我的两倍。我愈到深夜愈不肯入睡，就好像我愈到生命的尽头愈不肯撒手人寰。因为我怕错过了，这一刻这一生就不会再来。我和秀才相约下一世的相见，他理都不理我的神经。他说根本没有下一世！我笑，说："傻瓜！肯定有。因为上一世这一句话你对我说过，然后你忘记了，寻寻觅觅又花大半生过来找我。我们从相见的那一刻就认出了。你指着天上的太阳雪说，'看！太阳雪！'这就是我们相约的暗号。我在遇见你前从未见过艳阳天里雪花漫天飘。你在遇见我之前，也没有看到。如果我们再不相认就老了。老天都着急了。"

我和你，有太多的不一样。你不知我为何笑为何流泪为何感悟为何逃跑。你只是接受——上辈子或上上辈子你已懂过，你写进伏藏里，无须打开就知道。你有时候会气我，有时候会伤心，但你从没想过离开我。找到彼此，每一次都花这么长的时间，很累的。每一世，你还要随着我，改换性别。那个算命的，说过很多有关我的未来，我都当笑话说给你听，但有一句，我一耳朵就知道那是真的："到老，我们都不会再换了。"你知道这个"老"吗？它不是岁月的痕迹刻进皮肤，它不是步履蹒跚，它不是一个把一个送走。这个"老"，是天荒地老。

今晚我感动得流了一夜泪。我自己写书，不常哭泣。因为所有情感我要积攒着留在书里倾泻——直到有一天我悟道了。秀才不理解我在哭什么，我知道他想歪了，以他对凡尘的理解，我哭不过是男欢女爱。我试图哄骗他，用凡尘的语言告诉他。后来想，算了。有些人无论来回几次，都不知道自己为何而来为何而走。

Chapter 1
往后余生，没有风花雪月

女人的幸福感从哪里来？

　　过去一段时间，我一直跟我师父在中国偏远地区学诊。师父的团队每年花很多时间在义诊上，帮助山区缺医少药的贫民做一些医疗康复工作。我已经有好几个月不化妆，确切地说连面霜都没有搽了。我从过去坐主宾位的地位一下子掉到了团队最底层徒弟的位置上，出门帮师父端茶拎包，一上车主动钻到最后排的加座上，但凡人满了我就要蹲在行李厢里。

　　我已经站在我所在行业的巅峰了，为何要重新出发，从低谷开始攻打一个全新的领域？今天早上我在儿子的夏令营里做义工，顺便蹭听国学课。吕世浩老师说，孔子一生三千弟子，七十二贤人，成才率很低，而孔子真正认可的学生只有一人，就是颜回。因为学生学生，学的目的是

爱不妥协

为"生",是为探索懂得"生"的意义。"不迁怒、不二过",这一切不是为文凭、功名、技能,而是寻找真理。这才是学习,这才是学生。真正的学习是不带有目的性、无恐惧、无期盼、为学习本身而喜悦,让你学习就是最大的奖赏。我忽然觉得我前世大概是颜回啊!一直在寻找生命的终极意义,不停打通向上的关隘,想知道前面还有什么更有趣更吸引我的事情……人生的美好在于这是一个见天地、见众生、见自己的过程,人这一生到四十岁上还有师父在前面指引你前进的道路,为你传道授业解惑,这不是最幸福的事吗?

我在过去的几年里,上了不同的学校。记得我刚去中欧国际工商学院上学的时候,以学术严谨著称的中欧,采取末位淘汰制,不是每个人都可以毕业的,我们班68个人,我是学历最低、资历最差、没有管理经验的人,我进校的时候老师就跟我说:"六六你跟他们不一样,他们以后要通过这个文凭,要么管理一个大企业,要么获得更好的职位,但你只是为获取人生体验写书,所以

Chapter 1
往后余生，没有风花雪月

毕业对你不重要。"也就是说，在我进校的时候他们就已经决定我们班如果有一个不毕业的话，那个人就是我。当时这对我的打击非常大，还没开始学习就被定义为差生了！中欧有财务、会计、数学等很多课，像我以文著称、整个左半边逻辑思维大脑都崭新未被开发过的人，面临的挑战可想而知！会计教授上课的时候曾经有一个最经典的句子是："六六你听懂了没有？你要听懂了全班就听懂了。"他把我当白居易对面的老太，考核他讲课的通俗易懂程度！有一天我去上厕所，班主任来敲我隔间的门说："六六你赶紧回去。"我说："老师我上厕所。"她说："教授说了你得立刻回去。"我就回去了。教授说："六六你基础这么差，怎么还敢上厕所呢？"我发现一个人基础差到哪里都受歧视，连解决内急的权利都没有！"知耻而后勇"这句话非常好，我是笨鸟我就先飞。我一直抱着惶恐不安认为我不会毕业的心在中欧学习，两年半以后我惊讶地发现，十八门课我得了十四个 A，全班只有三个优秀毕业生，我位列其中。

爱不妥协

从这件事我知道，人这一生的潜能是无限的，任何一个阶段你愿意学习，你努力进步，就可以达到你意想不到的成果，前提条件是你坚持不放弃。

坚持，对中年女性来讲是非常难的，我在中欧学习过程中经历了婚变和儿子的关键成长期，我要照顾家庭和抚养幼儿，所有人在娱乐的时候我都在学习，如果全班同学一定要聚会，我就带着老公和儿子。

从 2016 年 9 月起，我去广西中医药大学进行三年全日制硕士研究生的学习，学习中医临床基础理论，我期望在未来的五年甚至十年能拿到医师资格证。

很多人都会奇怪，你作为一个知名作家，已经有了这样的江湖地位，仅仅为了写一本书，有必要付出这样的努力吗？的确，我最初的立意是写一本书，但写书只是我的阶段性成果，我最终的目的是遇见前路上最好的自己，我想知道我的潜能极限在哪里。所有人都告诉我半路出家的人是学不好医的，我说我可以学学看。这就像我写《心术》的时候，带领我体验医院生活的医生断言我写不好西医，

Chapter 1
往后余生，没有风花雪月

因为世界上所有写医院的优秀作品都是有医生背景的人写的。我一天医学院的课都没上过，氯化钠和氯化钾都分不清，不可能写出优秀的作品，我说我先写写看，如果我不写，就是有还是没有的问题；写出来我才知道它好还是不好。即使它果然如您所言不好，我也努力过了。

《心术》出来以后，到目前为止尚被中国医学界认为医院题材作品里最好的一部。

我资质不好，起点不高，直到今天认识我的人都知道，我的外号叫"笨笨"，这是我前夫给我起的。他以前是中国科技大学数学系的高才生，成绩特别好，智商特别高，刚认识他的时候我们两个曾经在一起做一个智商测验，当时他的智商高达159，我只有108。108就是最普通水准，我第一次知道门萨俱乐部（世界顶级智商俱乐部）就是他告诉我的，他的智商可以进门萨。

我记得其中一道智商测试题是：大象、老虎、蛇和老鼠，这里面选一个不同的选项。我毫不犹豫选了大象。他诧异地问我原因，因为正常人都会选蛇——其他都是胎生，

020

爱不妥协

只有蛇是卵生，这是常识。我说大象不是十二属相里面的一个。从那以后他就认为我智商有问题。

十年之后我们又一次做智商测验，那一年的结果是我118，他137。

离婚之前的一年，我们做了第三次智商测验，结果是我128，他129。——你没有你想象的那么笨，只要你坚持做乌龟，你一定会追上你前面一只又一只兔子。世界上没有什么胜利法则，如果有，就是愚公移山，锲而不舍。

今天，我们坐在这里探讨女性幸福从哪里来。幸福是内心的感受，它不是动态的攀比，或是借助亲人努力来帮助你实现的，它是你内心对自己的满意程度。这里，我要引用《大医精诚》里的一句话，真正的幸福是"澄神内视，望之俨然，宽裕汪汪，不皎不昧"。幸福的根源，来自不视外物，排除杂念，相貌庄重，气度宽宏。因为自己的实力而不必羡慕他人，也不会内心惶恐，有充实的精神，健康的体魄，幸福自会相伴！

你会嫁入豪门吗?

　　我曾经跟一位业界大佬聊天，跟他感慨，要是有一天他想退隐，最佳的接位人应该是他太太。他笑说的确。他妻子有个特点——无微不至，让人如沐春风。我去她家的度假屋住几天，发现她遥控指挥，已经把吃喝用度每个细节都安排妥当。跟她相处，也发现她是全能补位王，真正做到厅堂厨房卧室游刃有余。我没有跟她上过床，所以卧室是指她对孩子的全情陪伴。一般太能干的女人都给人以入侵感，她却恰到好处地留给你舒适的空间。

　　问大佬当年怎样娶到这样的奇女子，大佬说："当年她是我的下属，在娶她留家还是任她商场搏杀的选择上，我是很犹豫的。她是一员悍将啊! 后来我想明白了，优秀员工少一个，我就招四个补缺，优秀的老婆，没有替补啊!

我又不能娶四个。"

我哈哈大笑。

我以前走平民路线，没结交过上层人物，想象中的富家太太，得保姆助理前呼后拥，按摩师、美容师、瑜伽师轮番伺候，香车名包数不胜数吧?

两年前去英国参观各大庄园，立刻颠覆了我对富裕生活的幻想。某知名庄园的女主人，自己本身就家世显赫，夫家又是达官显贵，这个女主从两边总共继承了九个大小庄园，每天闻鸡起舞，巡视各大庄园。我只参观了其中一个，走半天就已经精疲力竭了，巡视的面积还不到整个庄园的四分之一。据说当年女主是骑马巡视的，一生共生了11 个孩子，其中 7 个生在马上!!! 这是什么概念?!她比我们现在普通女孩皮实多了! 我这样粗糙耐受的女人，生娃前一周多就躺倒不干了! 我们现在这些普通人还在纠结和争论产假三个月还是六个月，上班哺乳时间要不要延长……我告诉你们，有这种思想的人，你首先就已经断绝了进豪门的命!

Chapter 1
往后余生，没有风花雪月

　　我真不是夸张。我一朋友最近高龄再孕。高龄、怀孕，都已经是很辛苦的事了，老公还是飞来飞去忙事业，过年不在家待着还把一帮子来度假的朋友托付给孕妇。孕妇同学到点儿就招呼我们吃喝，安排我们游玩。忽然有一天，她老公海外遥问她："你这么大肚子还能飞吗？"太太毫不犹豫说："能！"老公说："那你替我飞回去一趟参加一个朋友母亲的葬礼……"

　　你现在知道你为什么嫁不进豪门了吧？

　　那些能展现给你看的光鲜亮丽，都是童话里的钻石项链水晶鞋，背后的南瓜车和小老鼠，你看不见。

　　很多女孩都希望老公英俊有才多金。那些杰出优秀的男人都不是傻子，看看 Ivanka（伊万卡，美国总统特朗普的大女儿）的老公就知道，豪门男人也是有选择的！Ivanka 老公还有个比他更帅的弟弟，哈佛毕业，家财万贯，自带光环。想嫁不？你先跟他身边的女友比一比：Karlie Kloss（卡莉·克劳斯，即下文的 KK），世界级超模 No.2，年收入 500 万美金，主动与"维密"（维多

爱不妥协

利亚的秘密时尚秀）解约，因为要完成纽约大学的学业，学的是编程！有马甲线有美貌有学历有事业有金钱……你们知道豪门找老婆的标准了吧？！不是Ivanka和KK，哪能揽得了那瓷器活儿？顺便说一句，Ivanka都生仨了，目前看起来还没有停止的迹象……能生也是标准之一啊！

所以，不要再相信童话故事了，那都是安慰女草根的，现实故事极其残酷，你从落地的那一刹那，没有嫁入豪门的准备，现在就可以关灯歇了。

我觉得，我就适合嫁平头百姓，男人对我没啥要求，我对自己也没啥想法，特别和谐。

往后余生，没有风花雪月

晚上与秀才在清账。每每此时，我就心生烦躁。这么多眼未见的数字，变成一张张收据发票放在你面前，好多钱，竟然想不起当初派甚用场。

我去照照镜子，顾影自怜。镜子里那张不加美颜就不忍卒睹的脸，应该是每个老婆的中年吧……

我忽然笑了，我若是男人，也愿意此刻把所有账单鸡零狗碎交给老婆，然后自己出去浪。

我看着自己的一张不喜庆的成熟的脸，忽然心生对客厅里那个男人的怜悯。我已然扎根成树，让他去做随风飘扬的蒲公英吧！

人到中年，不得，而已。

你以为我愿意回来就冷对子女，"作业做了没有？考

爱不妥协

试考多少分？下一次比赛什么时候……"你以为我愿意坐在桌前对账，上床不与丈夫道晚安开始刷微信，安排明天要开的会议，要订的早饭，要把宴请宾客所需庞杂列入单据？你以为我愿意有一说一，速战速决，不与员工交心聊天？你以为我愿意进了父母家门就开始找活干问身体情况打电话安排下次门诊？

　　以上每一件，都是生活丢给我不得不完成的任务。

　　以至于，我忘记了：

　　曾斜倚窗台候楼下荷塘莲蓬摇摆，

　　曾轻踩银杏叶随秋风千缕青丝转圈，

　　曾一盏夜灯一杯旧茶一本书恬淡，

　　曾远足山林放天涯偶遇一人喜欢。

　　喜欢又如何？

　　无论喜欢谁，

　　无论在哪里落脚，

　　就会有孩子，有炊烟，有生计，有牵挂，有责任；然后，变成自己不喜欢自己的样子。

Chapter 1
往后余生，没有风花雪月

我见过的所有女人，二十年前，都是青梅莺歌笑容娇俏，似画中走来，不妆而娇，不饰即艳；二十年后，再看她们，粉脂不掩疲惫，不言都是明了。

岁月收走的，不仅仅是容貌，还有与男人一样渴望人怜的爱情。

我们都是一样的。

不一样的是，我们知道每一个循环的起点，一旦踏进：

往后余生，风雪是你，平淡是你，目光所至，皆是当年粉身碎骨的决心。

我是仙子下凡，为一次的回眸相对，愿意与牛郎相守，一守就是一辈子。偶尔抬头，星河闪耀。

愿郎君珍惜，我，回不去了。

夫妻是天地间最大的阴阳

　　"阴阳者，天地之道也，万物之纲纪，变化之父母，生杀之本始，神明之府也，治病必求于本。"——这是《黄帝内经》的原话。

　　阴阳不是固定不变的，阴阳是随时随地的，是因时因势变化的。那天地间最大的阴阳是什么？是夫妻。

　　道生一，一生二，二生三，三生万物。道显现在"一"的层面是不会产生变化的。因为孤阴不生，独阳不长。只有阴阳相交才会产生变化，二才能生三。因此阴阳是变化之父母。

　　君子之道，造端乎夫妇。修君子之道的人，第一件事就是要处理好夫妻关系。尤其是男人——因为阳主阴从。敬妻爱妻的男人，通常都成就大业。妻乃坤格，坤格稳健才能载物；忍妻怕妻的男人不会出事，这就是通常说的不出格，这样的夫妻，不会散，不破阴阳。男人最坏的结果通常就是发达后的糟糠之妻下堂。你不要忘记，你今天的成就不是孤阳蹦出来的，是阴阳合作的结果，你把成就归于你个人努力，结果一定是孤阳不长——事业就会停滞。再换阴阳，格局就变了，风水就变了，不再是以前的态势。

所以刘力红老师上课时再三强调，外面再人五人六，回家一定要夹着尾巴，把老婆哄好的男人才是真阳，把老婆一辈子都哄好的男人，就把太极画圆满了。讲再多的大道理，修再多的 EMBA（高级管理人员工商管理硕士）课程，家里另一半关系没有搞好，太极的球就滚不起来，你就连球都不是。

很多老板，一旦发达了，就喜欢求神拜菩萨信迷信看风水。什么是你的风水？家庭。哪位是你的真神？夫或妻。自家菩萨不上供不敬香，把外面的野狐禅当真神请进家门，香火如何旺得起？

所以，头上三尺有神明，讲的就是起心动念以前先想

爱不妥协

想家里的黄脸婆母夜叉。要是想到老婆，内心没有升起恭敬心、同理心，你就自破阴阳。

我们所谓的成功，大抵有两种可能，一是我们是明白事理的人，既然是明白事理的人就绝不会做出荒唐事！二是我们靠命运上来，靠命运成功，自然就离不了另一半，说明另一半旺你。很多成功了的人一时糊涂，忘掉了这个关键处，当然自此开始下坡了。有道是"时来逢益友，运蹇遇佳人"，多半指此。

看明白这个道理，我就观察一个个从神坛摔下的明星、富豪，基本上都是与另一半阴阳破后，彼此心生离间，互成怨偶。然后再看他，一路下行。时间足够长的话，就都一一应验了。

现在我就等着看当今世界首富是不是阴阳破后股票见底。没事儿，有一生时间守候。

花钱追女朋友真的好吗？

这是儿子偶得跟我的一次睡前聊天。

我很久没有批评偶得了。我不会为他的学习焦虑，也不会为他的成绩苦恼。不催他看书应考，也不管他吹号画画。一切时间属于他自己。

本学期有两个晚上他赶作业赶到凌晨一点。原因是电脑系统崩溃了，他要修电脑——总之这类的问题。

我若以妈妈的眼光看他，我就会焦虑。但我以看年轻时候自己的眼光看他，这都是成长的代价。我们谁没有赶过 deadline（最后期限），谁没有遭遇不可测的电脑死机？谁不是自己扛过去的？

我能做到不发一声，安静陪伴。

于是换来母子和谐。每天睡觉前，无论多晚，他都要

爱不妥协

到我床上躺一下，到处滚一滚，跟我聊人生大事。

今天跟我聊的主题是："用钱追女友真的好吗？"他说他们班好多男生有自己心仪的女孩，遇到"5·20"这样的节日，会送女友礼物，有些礼物会比较贵。他问我："妈妈，花很多钱在女友身上是真爱吗？"

我想了想，答："孩子，钱分相对值和绝对值。比方说，若世界首富送我一辆宝马，我都觉得他不爱我。因为他的钱能买下好几个宝马厂，虽然宝马车绝对值挺贵的。但若年轻时你爸爸送我一枝玫瑰花，我相信他爱我。因为他是省下他的口粮，饿一顿饭让我高兴，这就是他真情的最大表达。所以，你的问题是，这份礼物在你所有资产里占多少分量。

"孩子，其实，这个年纪的女孩，没有人因为爱钱而爱一个男孩。这个年纪的男孩，再有钱都是他这一生里最穷的时光。女孩自己也前途无量，她干吗为这点蝇头小利爱你呀！所以，这个年纪的女孩，你送她亲手去河边采的芦苇、亲手画的画、亲手做的乐高风车，她都会妥帖收藏。

倒是你送她一个爱马仕包，她会手足无措，她要这个，有什么场合用呢？所以，送礼不是送贵的，而是送对的。

"孩子，若有一个女孩在你一无所有的时候爱上你，你一定要珍惜，尤其是你也爱她。你千万别走着走着把她给走丢了。等你拥有半壁江山的时候，你觉得给她房子给她车可以弥补这些年的相随？那你错了。她原本就不是为这个跟你的。"

偶得说："可万一爱情很合适，结婚不合适呢？"

我说："那就要想明白。爱情是欣赏对方的优点，而婚姻是接受对方的缺点。她要是在你面前打嗝放屁你都觉得自然的时候，就结婚。而且婚姻是两个齿轮咬紧了往前转。她不爱做的事恰巧你做得好，或者你不爱做的事，她恰巧能补齐，就是好的婚姻。否则你俩齿轮老是差半截，就转得很不平顺。"

偶得说："妈妈，我如果有女友，我更愿意画一幅画给她。"

我说："她一定会喜欢的。因为你用心待她。真正的

爱不妥协

爱人，喜欢的是你的心，而不是你的钱。

　　"什么时候你把画换成了商店里的丝巾、包或者首饰的时候，你对她的爱，就消减了。好在女孩那时候已经是女人，就变得很宽容懂事，你没用那么多心在她身上，钱和礼物，还有写着她名字的房产证，也可聊表。"

莫嫁孔子

我一直在琢磨一件事：生如孔子这样的圣贤，为何会离婚？孔子的中心思想是"仁"，为何仁者爱人的孔子，却不能与太太愉快相处？

看到一位企业家的讲话，我大概懂了一点。

他说："我这辈子最对不起的就是自己的小孩。……我们牺牲了个人、家庭，是我们为了一个理想……"

他说，他对不起他的小孩，没说对不起历任太太。我们看很多著名企业家的履历，只能看见现任太太的名字，曾经在他们发展道路上做过突出贡献的前妻（们），名字都不会出现。

我想再问一句：你们知道孔子的夫人姓甚名谁吗？

孔子的夫人叫亓官氏。她与孔子离婚的理由非常奇葩，

爱不妥协

因为子路没啥钱，孔子又想留他在门下学习，就把子路留在家里帮工。可孔子自己都不常往家拿钱，还要老婆多养一张嘴，老婆脸色就不好看，言语里就有些叨叨。过年了，孔子看子路衣服快破了，就让老婆给子路做身新衣。老婆按捺不住爆发了，家里一儿一女还没穿上新衣，拿什么给子路穿？

孔子怒了，就把亓官氏送回娘家，且永不接回。

我看完愕然！孔子自己是圣贤，难道要求太太也是圣贤？可圣贤总要吃饭穿衣，这些琐事，由太太去扛？

家里动不动吃喝拉撒好几十口，都是学生，一刀肉、一刀纸都是学费，饭钱哪里来？圣人的老婆是田螺姑娘、七仙女吗？

我和闺蜜讨论一代伟人的一生的时候，感觉伟人不应该结婚。伟人的后人，有传承思想的弟子就够了，无须有骨肉血亲。千万不要有凡人的肉欲却怀着伟人的梦想，身边的爱人太痛苦了！

我以前以为只有道家无情，其实儒家也一样。说到底，有事业心的男人，有理想的男人，并不需要太太，只是需要一个服侍他、照顾他的人帮助他完成梦想。那位企业家三任太太都是他秘书。从工作伙伴发展成生活伙伴，等结婚了生娃了，不能与自己比肩战斗了，就换下一个秘书顶班。

所以，嫁给伟人、圣人的女人，千万不要抱怨，适时上岗，适时退岗。后浪推前浪，千古不留名。要怪只能怪这些女人眼光太好，圣贤几千年也没出几个，那么多普通人你不找，非要找个不普通的。

看看毕加索的一生，除了他自己爽了，他爱过的十四个情人，个个结局悲惨，几乎不得善终。若说前几个缘于年幼无知，后面的几个，都看见旧人的悲惨结局了，为何还义无反顾？就是因为他不是普通人。女人对才华的仰慕、对强者的迷恋是无可救药的。

爱上这样的男子，就像你爱上珠峰——与他太接近你就可能冻死山顶，远观——那他又和你有什么关系呢？

他属于天下。

人为什么要有家庭？

这两天搬家，家里乱哄哄的，都刨不出一个小窝让我码字。我不能在一百多个纸箱和满地塑料袋间凝神静气假装自己心平气和。

下午整理衣物，把烘干机里的衣服抱出来折叠好，发现袜子多出三只单的，洗衣筐明明就在卫生间地上，也不知这俩男人咋穿的，能凑不成双。屋里这么乱，不晓得下礼拜能不能刨出另外三只单袜来。

叠好衣服各就各位，在秀才房里没有找到秀才放内裤的抽屉！

秀才说："别怀疑，那个放袜子的抽屉就是放内裤的！"

我问："你内裤呢？"

Chapter 1
往后余生，没有风花雪月

答："都洗了，就两条。"

我问："别的内裤呢？"

答："搬家的时候看着旧点儿的就扔了。"

再问："为何不拆新的用？"

答："你不要管我，我就这样过！"

再问我就是不识相的唠叨妇女了。有鉴于那两天电视剧《少年派》在播出，大家都讨厌王胜男话多如牛毛，我就知道广大观众（确切地说是男观众和孩子）喜欢勤勉爱干活儿还不抱怨的女性。以后要是全能家务机器人发明了，人家花点钱就能耳根清净。

我腹诽着拆一堆新内裤出来，给他下水洗干净晒上。其间穿梭走廊的时候，儿子和猫各把一头端坐在地上。一个在等罐头，一个在蹭网。家里路由器还没装好，只有走廊信号最强。

我说："你起开！挡我路了！"我来回说三遍，他跟没听见一样。任由我从他腿上跨来跨去。我最后也懒得说了，就当加大运动难度系数练跨栏。这个年纪，这个身份，

爱不妥协

连单位领导都不敢对我这么不恭敬。让我体会到还有人不拿我当回事的，就是老公和孩子。

人为什么要有家庭？你一个四十大几的妇女，如果既没有老公别扭你，又没有儿子刺挠你，你一回家，家居用品只有现在的三分之一，家里整洁明亮干净，BOSE（"博士"音响）里听的是爵士乐，炖壶里熬的是养生茶，手底下不是男人内裤而是打着香篆，每条毛巾都是干的而不是湿漉漉的丢在地上，袜子不用趴地上找都自动成双，你到中年了吼一嗓子才 30 分贝，你这辈子最大的成就也就是修身，离"齐家治国平天下"差十万八千里呢！

佛说有七级浮屠，你要是单身修，一辈子一百年也就爬一级，要是太享受了搞不好还倒退一级。我们有老公、孩子的妇女就不一样了，我们受的磨难一辈子就升三四级，要是再多生几个孩子，五级轻松跳过。老公、孩子，比社会、领导、闺蜜磨人多了！

《金刚经》里有一句话我不明白，今天在家里一团乱麻，让孩子搬一盆花他管我要 10 块钱，老公一着急就拿小眼瞪我扯着嗓子训我的时候，我就豁然开朗："我皆令入无余涅槃而灭度之。"

你不受够那么多逃不开的罪，你是没资格去西方极乐世界的。

男人如 DIOR

那天，我跟葛羚说，男人如 DIOR（迪奥）。她说："什么意思？"

我说："如果你的闺蜜人手拿一件 DIOR，你出门没有就会有些不好意思。你必须得有一件，虽然你更喜欢MUJI（无印良品）这样的寡欲风格。"

有了 DIOR，刚开始都是很珍惜，拿个套子套上，舍不得用，总记得买来的原价，那几乎是你青春全部的积蓄。

但说实话，过了十年二十年，除非这个 DIOR 是经典款，颜色不古怪，样式不夸张，而且还保养得当没有长霉，你才会愿意继续使用，否则基本上束之高阁，经久不用。但丢是舍不得的，一是因为它几乎涵盖了你青春奋斗的所有印记，有纪念意义和象征意义，二是因为二手 DIOR 既不能送给藏民保暖，又不能捐给学校当书，没什么实用意义。本来 DIOR 也就是个摆设。

但 DIOR 要是自己不争气，三天两头给你惹事，比方说一会儿链子掉了一个扣，一会儿拉链裂巴了，一会儿表皮有点霉，你就有些烦躁，就要考虑怎么处理它了。修一次两次还行，时间久了觉得不值当再继续祭奠青春，最后的结果可能就是找个慈善会捐赠了，至于别人拿去干什么，你都不想问。

所以，你的老公之于你，就是青春的 DIOR。他要是经典如二十年前你看上他的样子，你就会与他一直相伴下去，逢纪念日就拿出来穿戴一下以资怀旧。若是你当年的眼光太跳脱太求新求异，很大可能是伺候不起或很难配套。

而最最重要的是，若老公外头有人了，你一定不要难受，你该高兴，这可能是你一生最大的慈善事业，皆大欢喜。DIOR 最新和最好的时候你用，你不喜欢了还有人替你收留。现在垃圾分类以后，都不知道丢弃的 DIOR 归哪一门类。

爱不妥协

　　至于以后，在我这个年纪上了，游走由心。喜欢了就再添一个DIOR。不喜欢，拎个塑料袋是一样的。

　　你已经跟二十年前不一样了，你根本不care（在乎）别的女人手里拎什么，身上穿什么。自己自在就好。

　　葛羚问我为何想到这些。我说，我是看到某个富豪带着一个大嘴女人满世界秀恩爱。

　　很多人问我，你猜那个贤淑的原配怎么想？我说，你们真是吃饱了撑的。一个手握300亿美元的女人，自在得都不会关心其他闲事。

CHAPTER 2

人 为 什 么
要 有 孩 子

人为什么要有孩子

　　万圣节到了。每年一到这个节点上就过不去了。孩子还是那个孩子，造型已经变了十二回了，偶得以前能装进南瓜圈里，现在这大小伙儿的个儿，都能拖着南瓜车往外跑了。

　　他今年自己要做剑客李白。你没听错，就是诗人李白。我特地查了，李白是历史上为数不多的副业比主业干得好的人。他的正当职业就是剑客。偶得在网上凑了一套行头，像花木兰那样，京东买骏马，淘宝买鞍鞯，沃尔玛买辔头，家乐福买长鞭。

　　我原指望看见印象里让高力士脱靴的风流偶傥李白，等儿子打扮停当往我面前一站，整个一丐帮小乞丐……

　　有儿子以后才知道有那么多节日：灯笼节要做灯笼，

Chapter 2
人为什么要有孩子

中秋节要做月饼，万圣节要准备 cosplay（角色扮演），儿
童节要请一天假。新加坡还有开斋节、Deepavali(屠妖节)，
感恩节要火鸡，冬至要饺子，重阳要登高，春分要祭祀……
家里有西装马甲、中式马褂；瓜皮小帽、巫师扫把；圣诞
大树、新年春联儿；南瓜西瓜冬瓜木瓜，剪刀胶水瓶盖报纸，
牛奶盒火柴棒橡皮筋塑料袋，穿不下的衣裳画不完的烂画，
没读几页的小说，丢胳膊少腿的娃娃……其实我若不结婚，
30 平方米就够了。有个娃，孩子他爹，孩子爷爷奶奶，孩
子保姆，孩子的同学朋友亲戚伙伴……房子骤然升到 280
平方米。家里哪是养孩子，那是供台碎钞机啊……

孩子的学校可劲儿造家长。三天两天就需要义工了。
打孩子进幼儿园起，爸爸扮过圣诞老人，爷爷举过小旗指
挥交通，奶奶穿围裙打扫过书法教室，妈妈三天两头去学
校演讲。就不要提外婆养的豆芽和外公收留观察过的小乌
龟了。大家都忙得不亦乐乎，一段时间学校不翻家长牌子
就心里长毛怀疑孩子不受待见了。

学校一年两游，春游和秋游。后爹都给培训成摄影家

爱不妥协

了，为了拍好照片自费报名参加专业摄影班，学会各种美图技巧。还有慈善义卖会、夏季运动会，父母们都拼出老命了。姚明的娃在学校慈善会上就卖爹，跟姚明合影，五块一张；我儿子也卖我，签名书一打一打，连本儿都卖不回来；马伊琍在朋友圈发的是在闺女学校社团做诗歌朗诵；海清在儿子学校做家委会成员……这都是啥配置啊！

我一直在想，我们为啥要有一个孩子？衍生出无尽的事务和无穷的操心。

后来想明白了：现世报，天恩。

我们小时候太不专心，所以现在要把功课重新做一遍；小时候吐了多少饭给娘吃，现在娃就吐多少扔你碗里；小时候跌伤膝盖娘有多疼，现在你就有体会；还有小时候生病时爹妈的夜不能寐，现在统统都还报回来。

人生所有的轮回，就是补课。你只有把上下游的酸甜苦辣遍尝一遭，你才算把这一级浮屠一个脚印一个脚印走完，人生才算了结。

不多说了，检查作业去了。

Chapter 2
人为什么要有孩子

别人家的孩子

我一直生活在"别人家的孩子"的压力之下。

是的，你没听错，不是偶得的梦魇，是我的。

我都快把朋友圈关了。因为受不了刺激。经常看到喜报，某某的孩子获得国际金奖，受邀观礼诺贝尔奖颁奖仪式；某某的孩子被哈佛提前录取，但孩子决定暂时休学两年，因为自己创建的公司正在发展的紧要关头；某某的孩子当年跟我儿子一起学琴的，我儿现在连世界名曲"一闪一闪亮晶晶"都弹不全了，人家刚得了全国冠军；还有某某的孩子才小学一年级就已经得了好几个奖杯了。

我真想给那些牛妈跪了。

我的一生是失败的一生。

我当年做孩子，比不过其他孩子，丢我妈的脸；我现

爱不妥协

在做妈，比不过其他妈，丢我孩子的脸。

大家都是十月怀胎一朝分娩，当年我虽然没太按时吃孕妇需补的维生素，但总体也不太少营养，孩子看起来也不傻不缺，怎么都长到人生第一个本命年了，也看不出有啥特长？

我的朋友说，教育要坚持，他不想学，要退出的时候，你就咬着牙拿棒子顶在他后头，过了那一关，他就成就了。

我承认，如果我娃没啥成就，那是我的过失。

人生那么苦短，我何必为难自己为难他？他没艺术细胞，我也没啊！他没运动细胞，我也没啊！他没有竞争意识，我也没啊！我自己都表现不咋好，我怎么好意思一边吃着红烧肉，一边在他屁股后头拿根棒子让他跑步呢？

我这人，天生有同理心、同情心、原谅心和包容心。

我主要是包容我自己。

每一个有成就的牛娃背后，都有一个有强迫症、自己不努力还拼命催孩子努力的妈。这些妈，把一生的较劲都放在孩子身上了。

Chapter 2
人为什么要有孩子

我没有强迫症。我特能接受现实。

我娃就是个普通孩子，怎么办呢？你们孩子都牛，你们知道为什么你们牛吗？那是因为有我娃衬托啊！这世界离开我娃，剩下的都是牛娃，你们哪有成就感？你再成功，不都需要有人鼓掌吗？所以我这个普通的娃，之于世界，太重要了！离了他，世界都黯然失色了。

孩子去年考进上海一个著名的学校。我认为他能考进，一定是上帝那阵子打盹了。因为他过后一年的表现证明上帝休息后又回来了。

他们学校有二百多项课外活动选择，我问他："你喜欢什么运动？"

他说："我唯一会的运动是游泳。"

我说："咱就报这个，至少学会了以后掉江里淹不死。"

然后，就听说他们学校游泳队刚拿了全市冠军。我想他们一定不会收一个只会狗刨的孩子。

我说："咱报艺术项目吧！在学校学个钢琴，省得妈

爱不妥协

妈额外花钱了！"

儿子说："我们学校钢琴班的孩子都拿国家大奖了……"

我说："那就参加机器人兴趣小组！以后找工作方便。"

儿子说他们只收数学好的。我一看他刚及格的卷子，就说："咱要不就报烹饪、插花吧？"我想他们学校的孩子大概没一个以后会考蓝翔技校。

孩子最后被学校交响乐团选去了，吹长号，因为老师看他头脑简单四肢发达，长得魁梧，应该举得动重达几公斤的号。

朋友都吓唬我，说长号不是个好乐器，吹多了伤孩子肺，发育不好容易哮喘。我果断答：你放心，他压根儿不可能达到吹多的程度！

老师叫买乐器。一个号一万多。

我想了想，从淘宝买个两千元的让他拎到学校。第一次吹就漏气。老师委婉批评我，工欲善其事，必先利其器。

Chapter 2
人为什么要有孩子

我叹口气，跟老师说，不是我舍不得，我太了解我娃。四岁学钢琴的时候，我好担心他万一是天才，过两年就要更新演奏的琴，所以我一次到位，直接买了表演琴。结果，琴在我家都长毛了。他的努力，不称那么好的器。老师信心满满说，不会，在集体里，他会奋发图强！

结果，我买了一个很安静的乐器回家。从来听不见响！我说你练吗？他肯定地答：练！我说咋没见？他把号嘴从号上拿下来，空嘴吹，空手画两下。我说，号呢？他答：太重！举得累！我就这样练！——他这样爱惜自己的人，怎么可能伤到肺？！

偶得曾经有些担心地问我："妈妈，养孩子好贵啊！又要交学费，又要补习，又要上兴趣班，又要旅行……我以后会不会养不起我的小孩？"

如果你是母亲，你会怎样教育你的小孩？是不是趁势而上，鼓舞斗志？

我是这样回答的："孩子，Life is easy. Don't worry, be happy.（生活很容易。别担心，开心点儿。）

爱不妥协

贵的养不起可以便宜地养；挣钱的活干不了，咱可以当医生。上天有好生之德，实在不行，最差，你还可以出家当和尚。喜欢就认真当，典范是唐三藏；不喜欢就做个懒和尚，扫地僧搞不好也会悟道。没有升职压力，不用担心家用，有信众奉养，还省却养老婆孩子的烦恼。天无绝人之路，你能做多少做多少吧！"

偶得又高高兴兴地看他的《喜羊羊与灰太狼》去了。

我决定立遗嘱了

偶得终于开窍了。他开始对钱感兴趣。在他十三岁上。我其实有些失落。

在他幼儿时期，过年拿到红包，他就高高兴兴地交给我，笑眯眯地说："寄妈妈。"我于是骄傲地帮他收好，然后花掉。

今年，我忧伤地发现，他开窍了——他对我保管他压岁钱的事耿耿于怀，每次上交都不情不愿，而且还查我账——"你说，我从小到大的压岁钱，你都放哪里了？"

更过分的是，有一天他问我："妈妈，你有遗嘱吗？"

我说："儿子，我们中国人很忌讳谈身后事。你把我少女时的梦想提前结束了。我没有。"

"可是，如果你没有遗嘱，我怎么知道你的钱都放哪儿呢？"

"没关系。我会自己照顾自己的钱。"

"万一呢？"

我有点想把这小子塞回去："如果有万一，我就捐给国家。"

"那时候你也不能爬出来自己捐对吧？"

好吧！你赢了。

我问偶得："你最近为什么那么在意钱？"

他答："我现在发现有钱很安全。"

我说："你的安全感我没有给你吗？"

他答："没有，确切地说，你把我的安全感给毁了。上次在路上，我很饿，想吃一根台湾香肠，问你要五块钱。你手里攥着五块钱，跟我说，如果你现在买一根香肠，这个钱就没有了。如果你把这个钱存妈妈这里，每月以6%的利息计复利的话，等你上大学的时候，它可以支付你的生活费。这就是复利的魅力。"

我很感动，不知道自己的财商教育如此成功，这么小的一件事，他牢记心里。结果偶得说："妈妈，从那一刻起，我就决定自己要有钱，要掌管钱，这样现在肚子饿，不用等上大学的时候才能吃到。"

儿子的理念和我希望的方向背道而驰。

这个世界有两种幸福：一种是你自己希望拥有的幸福，而另一种，是你父母希望你拥有的幸福。二者没有交叉。

很多父母一路打拼上来，深知奋斗之苦，不想让孩子走自己的老路。我也不想偶得干我的本行。尽管我在写作行业干得很好，但写作行业的收入，一曝十寒，能够靠笔杆养活自己的人，比中大彩票的人还少。

我希望偶得考进声名显赫的大学，修习一门大众化的专业，拥有稳定的工作，比如医生、科学家或者教师，每月进项，随着岁月的推移越走越高。

我有实现梦想的勇气，却对我的儿子患得患失，怕他因梦想折戟。大概这就是因爱废人。

限制孩子前进脚步的，大多是父母。

爱不妥协

　　我鼓励偶得学习数理化，花很多钱培养他，让他参加各种机器人、物理、科学比赛，通过加大投入和多花时间，确保他走上朝九晚五的道路。

　　然而梦想的力量是可怕的。

　　他开始攒钱。

　　他攒钱的方法让我惊掉下巴。

　　他不吃午饭，他把春游买纪念品的钱省下来，他帮同学培养水宝宝，他在家讨价还价要求洗碗。

　　他问我："妈妈，拍一部大电影要多少钱？我自己挣钱了，我想拍大电影。"

　　我回答他："拍大电影的关键不是你挣多少钱，而是你首先要结婚，有个愿意养你七年的老婆。所以你别想了，首先找到一个靠谱的女孩吧！"我不知道哪个姑娘会成为我的接盘侠，但在我这儿，他永远别想。

　　导演是比作家更难成就的事业,他需要至少一个作家、几个明星和很多钱的支持，而且努力多半会打水漂。中国每年出产很多电影，其中三分之二都没有进院线的机会。

他成绩那么好，拍什么电影啊！

今年，我应朋友邀请亲历伯克希尔年会现场，看两个年龄加在一起快 190 岁的老人在台上做报告。有超过 5 万人，凌晨即起，排队 8 个小时，入场听关于财富的故事。

巴菲特说他在青年时期花 3 万美元买了现在的住所，一直没有卖，虽然现在这房子价值 50 万美元了，但这是他失败投资的典型案例。当年他若把这 3 万块用来买股票，现在已经价值五六十亿美元。所以这房子不能卖，一卖就成了沉没成本。更重要的是，这里面存放的几十年快乐或忧伤的记忆，无价。

我忽然明白自己来到这个与我不搭界的现场的意义。人生的每个瞬间都不会白活。这是上天在有意无意间开解你的迷惘。

我希望偶得有财商，会管理他的生活，拥有我以为的幸福，却没有想到，真正的财富并不是你账面上有多少钱，生活有多稳定，而是你离世前脑海里闪现的每一个瞬间，无关成功与失败。那些你爱过的人，虽然最终没有和你在

060

爱不妥协

一起；那些你努力过的事，也许没有为此而如你所愿；那些流过的泪，尽管在他人眼里莫名其妙；那些在你父母眼里糟蹋过的钱，它们没有成为你的纸上富贵，却成为你脑海里最深刻的画面。

我决定立遗嘱了。

孩子，我给你我能给予的最好的教育、最大的理解和无限的爱，让你有能力去你想去的远方。哪怕我明知道那条路走起来像西天取经一样艰难。你的人生，你是主人。

至于财产部分，虽然不多，我还是捐给社会。因为那个对你我都不重要。

我们在这一世，有限的母子时间内，彼此珍惜就好。

人间值得

偶得最近提了几次让我教他算卦。我没有想好怎么回答他。

昨天深夜，他来到我房间，说："妈妈，吕师帮我算过卦了。"

我说："你问什么？"

他说："我问画画作为我的终身职业是不是合适，我最近对这个选择非常苦恼。因为就我所知，选择画画为职业的人，大多数境遇都不好，还有得精神病割耳朵的，我要不要选择这样一个职业作为我终身的饭碗？"

我说："讲真，写作的人，也有很多自己拿枪爆头或者自缢在浴室的。各行各业，哪怕IT（信息技术）、快递，都有想不开的人，这些案例肯定不是你不从事一项职业的理由。昨天吕师帮你算卦，卜你的事业，结果如何？"

他说："很不好，明夷卦。前半生一直不好，直到晚年才成大器。"

我说："你的感觉呢？"

他说："算完以后，我的心就放下了。"

我说："你有多喜欢画画？是不是拿起画笔就很快乐，两眼放光，一画几个小时不知不觉过去，没有画完心里就放不下？"

他说："是的。"

我说："那你就应该选择这个职业。没有一样职业是不用付出努力就有收获的，若真有，就像空中楼阁、镜花水月一样不可靠。

"人生正常的轨迹就是努力、付出、煎熬而后有收获，越煎熬越有收获。米开朗琪罗前后共花了十年的时间在西斯廷教堂画了两幅画，第二幅《最后的审判》，他从六十一岁画到六十七岁，因长期仰头作画和弯曲身体，完工后的二十多年岁月他都是残疾状态。他一生过得并不如

意，但他自己不以为意，因为喜欢且毕生奉献。他已经名
垂青史。

　　"所以孩子，人生最大的乐趣，不是生前锦衣玉食，
死后名扬天下。人生最大的乐趣，是你喜欢，你一生乐此
不疲，并因沉浸而无怨无悔。世界上有几十万种职业，而
知道自己喜欢什么还能从事的人少之又少，从事并于生前
就声名显赫的更是凤毛麟角。孩子，你才十四岁，就找到
兴趣方向，已经很了不起了！我十四岁的时候还懵懵懂懂
呢，根本不去想未来的事。你已经是早慧而难得的孩子！

　　"如果今天我跟你说，宝贝，我肯定你现在练习跑马
拉松，一定可以拿世界冠军，你会因此而名扬天下、过上
美好的生活，这个结局我敢肯定，你会去为之努力吗？"

　　偶得哈哈大笑，说："我不会，我讨厌跑步。"

　　我说："这就是你的本心。告诉你吃一口屎拿一亿，
你也不会吃。

　　"你的心像明镜一样，只是因为当局者迷，或被世间
其他庸俗的评判标准左右而不愿意从心所欲。

爱不妥协

　　"所以，算卦、占卜的不是你的前程命运，算卦是一个让你了解自己、接近本心的过程。若卦相出来不尽如人意，比方说告诉你画画根本不适合你，你没有天赋，你会认命进而放弃画画吗？还是你选来选去割舍不下，最终宁愿一生平淡、没有富贵也愿意以笔代心？

　　"想明白了，其实不用起卦。恬淡虚无、精神内守的生活，已经很幸福了。"

　　同一天，广播电台里有家长求救，说孩子喜欢动漫，父母觉得这个爱好既浪费时间又没出息，就把孩子打了一顿，现在孩子要自杀。

　　我当时听完就叹息，父母经常搞不清自己的角色和边界。你给了孩子生命，但你不是孩子生命的主人，你只有爱护和引导的权利，没有强迫他服从你的意愿的权利。你自己已经不如意了，为何希望孩子和你一样不如意？

　　偶得没有青春期的苦恼，是因为他和我有许多共同话题，他现在的纠结，我曾经也有，我穿过了漫长的黑暗隧

道，选择了从心所欲，而后过得快乐。我的快乐不是源于
我的名气和财富，而是因为我真的喜欢。我希望把我的快
乐传递给我的小孩，让他觉得人生值得。偶得经常做完功
课画完画就躺在我床上跟我聊天，聊他的喜怒哀乐、情感
生活，我都笑纳，还与他分享我小时候或者我周围的小朋
友类似的感受，我俩都觉得，拥有彼此且活着，真好！

爱不妥协

旅行往事

偶得去年夏天参加希腊夏令营，了解了西方文明的起源。结束后，我带着他进行为期两周的瑞士游。

上次与偶得单独出门还是他小时候，那时候我在中国工作，租一间小房间，自己带娃生活，若出去旅行就背后大包小袋，前面坠着个娃。偶得从小就乖巧懂事，能自己走绝不要求妈妈抱，但等他张着胳膊不走求抱的时候，其实也是我筋疲力尽的时候。最悲惨的一次，到今天记忆犹新，是因为痛苦。坐通宵的廉价航班，拥挤而狭小的舱位里堵着我和儿子，他睡得很沉，我却不能打盹儿，怕一松手摔着他。落地后，拖着大行李小袋子，肩膀上扛着死沉死沉的儿子，觉得太无助了。几次想将他摇醒都未成功，于是路人们就看见马路牙子上坐着一个汗珠把头发浸泡成绺、路边放着大行李袋，怀里抱着酣睡的娃的快散架的年轻女人。

现在好啦，儿子成半大小伙儿了，出门知道照顾娘了，细心收拾各种行李，妈妈还能使唤他泡个茶、洗个水果啥的。

与偶得聊天，告诉他今天的生活与妈妈小时候生活的差别。

妈妈第一次出国，就是去新加坡，口袋里只有2000美元。最后这笔钱虽然没有动用，但它给了我底气，知道自己万一熬不下去了，还有回国的钱。

妈妈小时候，都不知道这个世界上有五星级饭店，也很少去饭馆吃饭，记得小时候第一次离家去大城市，是因为你外婆暑假出差开会，把舅舅和你妈还有外公一起捎去她的家乡上海。

妈妈第一次知道这个世界有不一样的生活，在八岁上。我们和你外婆一起住招待所十几个人的大通铺，妈妈都没有床，就临时架个行军床，睡在房间的通道上。外出口渴了，外婆都舍不得给我们买汽水喝，总喝自己带的白开水。

爱不妥协

哪天太热了，买瓶汽水给我和你舅舅分，我们就很快乐了。

去锦江乐园玩。从那时候开始喜欢上海，感觉上海太疯狂了！中午吃盒饭，外公嫌贵，就买两份给我和你舅舅吃，他就饿着。

我们那时候还属于中产阶级，外公是大学教师，外婆是统计师。那时候中国的生活就是这样，大家都没有钱。

买一个冰箱要攒好几年的工资，外婆最怕的就是家里的电视机坏了，因为再买买不起。

偶得，这些艰苦的生活，你都没有经历过。你走到哪个饭店门口，饿了就抬脚走进去，都不必看门口菜单的价钱。

妈妈其实没什么本事，妈妈是赶上中国改革开放四十年的大红利。这四十年来，中国发生了翻天覆地的变化，至少妈妈从没像外婆那样，担心冰箱电视坏了，买不起怎么办。

孩子，幸福是奋斗得来的，不是生而铸就的。你今天唾手可得的幸福，不是因为你的努力，而是因为你生在一个好时代，你的母亲没有经历战乱，没有经历社会动荡，没有经历政局变化，经过几十年努力和积累，让你看到世间最美好的模样。

　　但这个图像是经过修图的，经过滤镜调试角度的。你的未来，若想使你的孩子过上你现在水准的生活，那要靠你的努力，靠你的坚持，靠你经历剥皮抽筋的痛苦洗礼之后才会获得。

　　安详美好的生活，不是生来就有的。要懂得感恩。

瑞吉山复仇记

　　和偶得一起游瑞士，到卢塞恩那天是法克大战世界杯决赛。大概是周末的原因，家家店都关门。欧洲就这点好，贵族气质，对钱不饥饿，钱放在那里都不赚。

　　我和偶得沿着卢塞恩最著名的花桥一路走过去。卢塞恩位于山水之间，很容易下雨。走两步就大雨滂沱。以前那个小宝宝现在是比我高的大小伙儿了，他在我身边举着伞，任由我拍照，也不着急。但有一点坚决不肯，就是不配合我做各种表情，用他的话说："女人好烦！"

　　卢塞恩湖的码头边上，有个游船岗，几十块钱租一只脚踩船就可以到湖心浪。偶得坚持要下水，我吓得浑身发抖。因为我天生怕水，又不会游泳。这要是落水，估计等不到人来救就沉底喂鱼了。

Chapter 2
人为什么要有孩子

男孩到偶得这个年纪是最天不怕地不怕的。他一意孤行，我只好随行。这次的划船活动给我带来的正面影响是，我回来就开始健身了。因为下船的时候发现自己从过去的手脚灵活到现在的笨手笨脚，明显运动机能衰退。人到中年，总是处于亚健康状态，与久坐不动是有关的，"生命在于运动"这句话，真实不虚。

俩人踩着船出去，我开始感恩偶得的决定。以前只在桥上看风景，现在可以身临其境，不时经过身边的大船掀起小浪，居然差点把我们的船掀翻！随后的几天里，偶得带着我进行了一系列极限运动，招招要我老命，却也让我体会到行进中的乐趣。

我们从湖上回来，恰逢法国队大胜，满街都是狂欢的人群，相干与不相干人等都簇拥在一起热烈贴面，大街上，开着敞篷车、脸上涂着两队国旗的年轻人疯狂向街边群众挥手吆喝，分享他们的喜悦，令人看着心生羡慕。若有一天，我还活着，看见中国队哪怕夺个世界亚军，也会如此癫狂吧。

爱不妥协

第二天，我们一大早就乘船去了 Weggies（韦吉斯），从 Weggies 爬一段山路坐缆车到小火车站，再坐著名的红色小火车去瑞吉山山顶。

人每年一定要抽一段时间度假，放下烦琐，融入天地。

我离开上海前，因为办医馆、写论文等事情，老觉得胸闷后背疼，怕是心脏病，刘师为此还特地给我扎针。结果一度假，百病全消。置身于天地山水之间，觉得自己实在渺小，无可挂碍。当然，一落地上海，听说医馆场地有紧急情况，心脏立刻又疼了。

和儿子一起徒步，感慨孩子大了，他一路小跑下去，转瞬不见，我一步一步走，发现他在半山腰长椅上等我。这样的场景与小时候他一步一步慢慢踱，我在他身边等他，形成鲜明映照。孩子大了，妈妈也就老了。

我走到偶得身边，说："十几年前，我和你爸爸来过这里，也是这样一路走下去，路边有一群牛羊，那时候爸爸妈妈没有钱，出门的午饭是自带的饼干和水，妈妈把随身带的饼干喂给了羊，有一张照片还是跟羊一起合影。后

Chapter 2
人为什么要有孩子

来妈妈没午饭吃，看见前面有一家树皮饰面的房子，妈妈想进去吃碗面，一看菜单，太贵，遂离开。"

儿子问："哪家店？还在吗？今天我带你报仇去，一定要好好吃一顿！"

我大笑。

店还是那家店，连招待都没有变。客厅里放着黑胶唱片。坐在我对面的，是我最爱的小男人。

两碗面，38 瑞士法郎，不亦乐乎。觉得还挺便宜。究竟是货币超发了，还是我当年太抠门儿？

这次去卢塞恩，发现一家特别好的酒店，叫 Campus hotel hertenstein（赫滕斯坦校园酒店），酒店依湖而建，离卢塞恩船港一站之遥，可徒步去 Weggies，田园风景如画，即使不动，坐在酒店的湖岸边欣赏湖光山色，一天也不厌倦。

爱不妥协

好孩子不需要很多机会

我以前不理解：为何好人成佛要"我不入地狱谁入地狱"，历经千刀万剐；而坏人只要放下屠刀，就能立地成佛？

看孩子的成长过程，我忽然了然。

偶得是个人见人爱的孩子，老师同学对他的评价都是忠厚仁义，尽职尽力。他从小就有这个本事：凡事有交代，事事有回音，件件有着落。我每每看他这个样子，不由得欣喜——虽然他继承了我不高的智商，但他也继承了我踏实可靠的性格。他基本就是一个翻版的我。

上小学第一天，老师问："谁能帮忙把复习的卷子复印好带回来？"偶得举手。老师跟我说，她跟在后面观察，发现他按老师指令，但每到一个拐弯口必再询问一位老师以确保不走弯路。等偶得带回卷子，老师很惊讶——才七岁的他不仅复印好，而且把 30 多份卷子分装好，带回来就能发。一般的孩子，能复印完抱回来就不错了。"是个干活利落的娃！"

上次有朋友跟我说，她问偶得课后活动表，因为刚开学，偶得给了个大概。结果过两天课程定下来略有调整，偶得竟然给她发短信做了更正。其实她就随口问一句，没想到孩子认真严谨。我说，这就是偶得的风格。

昨晚，偶得的 OK 镜片掉到地上，摸的时候不小心破碎了，他打电话告诉我。我印象里一年内可以免费更换一次，遂联系医生。

没想到，医生说，两个月内碎，免费更换；四个月内碎，付一半价钱；之后全价。

我觉得不公平。

偶得去配 OK 镜那天，我因出差未陪同，我和秀才叮嘱他："这是你自己的事情，你要认真学。"

他从第一天配戴 OK 镜起，近一年的时间里，每天自

爱不妥协

己操作，放学回家就知道烧一壶热水凉好，睡前清洗 OK
镜，早起再清洁，程序规范，无有差池，未发生一次眼睛
发炎的现象，视力也未再变差。

即使出国夏令营期间，很多家长都给孩子重新佩戴回
眼镜，因为生怕孩子懒惰造成在外眼睛发炎。我都没问偶
得这些事。他自己准备好药水、清洁设备和烧开水的壶，
出国一个月天天坚持佩戴，同行孩子的家长发现偶得的毅
力，惊呼："这就是传说中的别人家的孩子吧？"

然而，今天医生告诉我这个条例，我有些难过——
这个社会真有意思，总是在给粗心大意的人很多机会，却
给认真负责的人很多苛责。偶得的镜片近一年了才破碎，
为何不是奖励多给一片镜片，却要付全款？这个条例不
合理啊！

我在微信上鼓励偶得，告诉他，制度不合理，不影响
你是好孩子。

现在我想明白了。

好孩子不需要很多机会，好孩子不需要太多包容，好

孩子就是为苛责而生。

　　他们对自身克制俭省和自持向上的要求，就是给自己最好的鼓励。而最终，他们会过上幸福的生活。

　　今天的偶得，已经让我欣喜地看到他的未来——有担当，又很诚恳老实，愿意帮助他人不彰显自己，完美地符合了"温良恭俭让"的君子人设。

　　这样的孩子，若再给很多次原谅他的机会，这个社会的游戏规则，就真的不公平了。

　　越是对好孩子苛责，好孩子越是进步——这才是上天千锤百炼好孩子的原因，他们的未来是堪当大任的！

真君偶得

朋友送给偶得一个礼物，是最新出的价值一万多的手机。我看到第一眼就说："谢谢你的美意，我家娃不收那么贵重的礼物。我家娃礼物上限 100 元。"

友说："哪有孩子不喜欢手机的？我送给他，又不送给你，你不要越俎代庖。他要说收，就收。他不收，你退我。"

我一笑说："铁定不收。我的儿子我知道。"

君子是后天修为。但我看见偶得，就知道什么叫天然原生态真君子。他的修养是天生的。

两岁就知道待人接物。过年时附近教会的阿姨来家送红包，一个红包里塞了一块金币巧克力。话都说不大清的光屁股娃偶得，会转身踮脚往屋里跑。我以为他见人羞涩不好意思，谁知他自己爬上凳子再爬上书架，掏出我给小朋友们准备的红包，蹦跳着跑回去给教会的阿姨回礼，主动鞠躬。

天生的欲望轻简。一两岁的光景，去附近购物中心玩，那里送孩子们圣诞气球，小哥哥给他两个，偶得坚持拿一个，多了不要，还要指指其他小朋友，意思是大家分享。

再长大些，有恋旧物情结。书包从幼儿园背到上初中，实在是补不了了才扔。鞋子永远一双，穿坏才换新，即使是外衣，破了便拿回来让素萍（家中保姆）补，穿出去没有难为情。从未听见他嘴里跟人比吃比穿比消费，心里就没注意过，没有主动要过任何物质。当然也不跟人比学习。

偶得用的手机是我联通号码签合约半卖半送的非品牌机，话费一个月25块。

从六年级起偶得主动要零花钱。以前的零花钱，发了和没发一样，到处乱放。现在知道收钱了，不是自己花，而是社交用。我告诉他，不要总让别人请客。小朋友们

爱不妥协

在学校一人一次。他便记住了，自己花钱节省，大家花钱爽气。

所有我准备好应对的青春期叛逆，他都没有发生。可能他干坏事藏得也比较好，像我小时候那样，早恋好几年都没被爹妈发现。而另一个原因与我有关——我坦然接受他成长过程中一切荒唐，但实际上，他比我小时候强，男孩中少有的不出格。

以上种种，让我知道，偶得根本不会接受大姐姐的礼物。

偶得进门了，我把手机塞他手上，告诉他，这是一个姐姐送他的见面礼。

出乎意料，偶得露出少年的顽淘，抱着手机大呼大叫："这是我的吗？这真是给我的吗？我要拍张照片发朋友圈，炸他们一下！"他兴奋地拍照。

我对孩子的认知，搞不好是错误的。我并不知他喜欢什么需要什么。

偶得朋友圈瞬间 N 条评论，基本都是羡慕。有同学问：

哪里来的？偶得答：别人送的礼物。

差不多持续了一段时间，我心已定：礼物，我还给朋友；手机，我给他买一个。既然他喜欢。

给不给他买，这个烫手山芋变成我的了。从我本心，我不想买。他喜欢什么，他自己努力去得到，爹妈给的不算本事。慈母多败儿。

但我从没给过他任何奢侈品，孩子处于内心饥渴状态，怕也不健康吧？尤其家里并不缺这个钱。

生活，每天都在考验母亲。我总觉得智慧不够用。

忽然，我看儿子朋友圈里公开回复：我要把这个手机还给人家。我不能收这贵重的礼物。

而后，他把手机还给我。

我有些心疼。懂事的孩子，总是不被偏爱，但偶得是我唯一的小孩。我小时候很懂事，妈妈只要说不买，我就不再作声。而弟弟很受妈妈宠爱，妈妈说不买和没说一样，他会撒泼放赖打滚，闹到母亲投降。

面对懂事的偶得，我要不要宠宠他？不要让他像我小

爱不妥协

时候一样，看到一双喜欢的鞋，围着那个柜台转半年，直到有一天鞋子下架。

我童年的心里，有很多缺憾，但我因为母亲的严格和忽略，直到今天都俭省自律，一生因此过得很平安。

今天我有足够的钱，想买多少鞋就买多少鞋，但我还是穿坏一双再买。一个包，背很多年。从小养成的习惯，让我的欲望不会无限制扩张，总会在诱惑面前说"不"。

我觉得，这些都是优点。不要破坏它。

我于是把我的微信打开，让偶得去谢谢大姐姐。偶得大方谢过且婉拒礼物，没有任何不情不愿不愉快。

偶得准备入睡了。

那个矛盾的妈妈还在纠结。

我要不要送儿子一个礼物？我今天看他那么灿烂的笑脸，他是真的喜欢。

但他得了手机天天打游戏，我也不高兴啊！两难。

我于是问偶得："你真的很喜欢那个手机吗？妈妈可以送你一部。"

Chapter 2
人为什么要有孩子

　　偶得看着睡前小说，淡淡答："手机很酷，但我现在的手机够用了，不要浪费钱。"

　　我心头一松——真是我的儿。

爱不妥协

人生苦短，瓜豆随心

　　我趴在儿子房间的床上，旁边是他拿着手机在看网文，他看得嘻嘻哈哈，显然我监管并不到位。

　　我对儿子，充满了迷惘和惆怅。

　　前一段时间，朋友的娃申请国外高中，我一看简历，惊了一个筋斗。人家小小年纪，各类过硬的国际金奖拿到一张纸写不完。而这简历放在我儿子这儿，大概就是："自小散养，无甚特长，虽不成器，保证健康。"

　　儿子小时候学钢琴，我就一个标准：确定是真爱，坚决不考级。我一直不理解家长要求考级的心态，因为我单位以前有个姑娘，她说儿时钢琴考到表演执照，但考完之后到现在都没摸过琴，那天坐在我家钢琴边小试牛刀，我感觉水平跟我一样——既然不爱反恨，为何母子不放过彼此？

儿子不考级，我和娃之间就有很多感情互动，今天他试着弹一曲《水边的阿狄丽娜》，明天弹一个《菊次郎的夏天》，大家都愉悦又欣赏。

儿子所在的学校，每学期都会推出很多国际大奖赛，我看到群里通知，就会问娃："今年你要参加这个吗？"儿子坚决摇头："不要。"我轻舒一口气。你只要敢上刀山，你妈就敢陪你下火海——可是，咱为啥要把自己逼到绝境上？苦哈哈的。人生苦短。

小侄子上周末参加一个大奖赛，拿了全市特等奖，弟媳妇在现场，据说紧张得有窒息感。她对儿子从小吼到大，儿子得的奖项和他娘的肺活量增长成正比。我看我中欧同学圈里的男同学老去跑"上马""下马"，其实他们的太太身体比他们好多了。女人长寿的秘诀就是骂孩子，骂孩子疏肝理气活血化瘀，要是再打两巴掌，效果比同双方出痧。男人天天又花钱又瞎花精力，不如我们女性集约高能。

爱不妥协

　　我看了小侄子的团队做的未来城市样板，我感觉我要是现在读小学，可能小学都不能毕业。就这样杰出的娃儿，要进个立达中学还怕考不上。弟媳妇整天跟我寻死觅活，要我确保她举世无双优秀的娃能上个初中。我心说不应该啊，难道还有孩子能比我家小侄子更优秀？他现在五年级简历达到的高度，我四十五岁的人生都没达到。

　　这两天看某校长对家长的谈天，意思是不要追求每个孩子都出人头地，瓜豆随心。优秀的孩子是给社会培养的，家长只落个视频通话的空当；而普通的孩子是给爹妈解闷孝顺用的，今天带你去吃烤串，明天带你去郊区一日游，各有优点。

　　我为宽慰自己，外带宽慰我期中考试又惨遭滑铁卢的儿子，特地与他分享如上这段话。我对偶得说："滑铁卢你知道是什么意思吗？就是一生没有打过败仗的拿破仑在滑铁卢吃了人生第一次败仗。偶得，你这不算滑铁卢，你都没有胜过，这叫屡败屡战。你只要确保升学

Chapter 2
人为什么要有孩子

考那一次是你人生的斯大林格勒保卫战就可以了。"

　　偶得对校长的文字研究半天，忽然回我："妈妈，没出息的孩子也可以视频通话吗？"我一口老血要喷出来——校长，你漏了这种可能性吧？我娃替你补上。老母亲这么多年砸进去的钱，看样子收益率比股市还差！

爱不妥协

都是人生第一次，我尽力了

晚上看见偶得来回抻他的脖子，我问：你脖子酸吗？他说是。我说等下妈妈给你揉揉？他坚定地答：不要。

我不再多话。

青春期小孩，我避免彼此嫌恶的唯一方法就是我闭嘴。我不知道他要多久才会懂事，也许等他懂事了，他就成了别人的丈夫和别人的女婿，我并没有享受到他的耐心或宽容。

我有一段时间天天羡慕人家有小孩，自己没有还要摸人家娃。后来自己有了小孩，就天天劝人家生小孩，告诉人家没有娃的人生不圆满。现在再有人问我，我都反问人家："你要小孩的意义是什么？"您要不是特别无聊，觉得钱实在没处花，时间实在没处消耗，您不能找点别的乐子来替代养孩子吗？比方说养一条狗。

我半年前养了一条法斗，养了五个月之后，实在精力不济，恰巧一个朋友狗丢了伤心欲绝，我立刻给她送去。

在我这个年纪上，已经没办法跟两个男孩斗了。那条法斗精力无穷，我儿子也精力无穷，我感觉自己像刹车片快被踩穿了。每晚躺在床上，任秀才如何示好，我都立刻关灯睡觉。我要是生了闷气，更愿意一个人在黑夜里独自化解，不向任何人倾诉，因为那个孩子是我自己生的。

你们知道男孩子在青春期里，是轮片发育的。有时候长个儿，脑子就不大好使；有时候长脑，个子就停滞不动。但你们知道哪一片是最晚发育的吗？

耳朵。

你喊他三五遍都没反应。充耳不闻就是这个意思。你要不扯着嗓子喊血压飙到180，他都不理你。我曾经问过偶得：你的耳道到底多长？我喊你多少声你才能听见我说话？他手指绕着自己的身体转了三圈才回到耳朵。

我感觉我辛苦养点气血都被他破功了。家有青春期小

爱不妥协

孩，别说泡党参黄芪了，给我吃龙蛋都补不上元气。

我觉得我挺会教育的——在教育别人家子女的问题上。我现在默认子女教育其实是个伪命题。子女不是用来教育的，子女是用来教育我的，每天都在提醒我自己，我的修行不够好，我的定力不足，我的扬声器太小。

上个礼拜，乐团老师特地提醒我偶得乐队在选声部长，要鼓励孩子参加。我鼓励了，他参加了，回来告诉我，他落选了。

我诧异："这是不可能的事，总共就五个人的长号队伍，选仨官员，你落选的理由是什么？"

偶得说："我选的是打击乐声部的声部长。"

我完全迷失方向："为什么？"

他答："我喜欢打鼓！如果我选上了，可以去他们那儿蹭鼓打！而且我觉得打击乐部不强，我要去带领他们！"

我觉得跟一个满脑子都是玩的孩子讨论他的未来，就好像跟我这样的文科生讨论弦理论一样。我现在很难跟他讲清楚，你要是努力争当个声部长，以后申请大学，至少

Chapter 2
人为什么要有孩子

自荐信里就有牛皮吹了。因为他没有想那么远。

昨天晚上我们在乐园酒店吃圣诞大餐，忽然灯光暗下来，然后奏乐，烛光闪闪鲜花铺满地，对面有人在求婚，面对迪士尼的城堡。我大喊：偶得快看求婚！偶得抬眼看了一下，完全不理会激动地将女友抱起的男生，还把另一个抬头张望的同行女娃头按下来，说："快跑！要死了！"俩人又回到打游戏状态。

他还没有准备好成长。

我唯有等待。

他第一次做孩子，我第一次做母亲，我们是初创团队，没什么经验。

爱不妥协

四积阴德五读书

新年伊始，我儿子和同学所在的七个家庭，为孩子们举办了一场别开生面的十四岁志学礼。

我们这七个家庭，已经形成了一个惯例——每月一次论坛，家长们搜集一个月内中外发生的重大、新奇或与价值观相关的信息，拿到论坛上与孩子们分享，让孩子们展开观点讨论，并在讨论中形成最符合七个同龄娃共同价值观的意见。

人生每次遇到选择，一旦选定，没有回放。大到择偶择学，小到一顿饭一个测验，都在确定未来的轨迹。我们作为家长，对于初中的娃，能够帮一把的地方，在学习中越来越少，于是我们就想到这样一个亲子活动，在实战训练中帮助孩子养成思考的习惯，就好像是生活

Chapter 2
人为什么要有孩子

TOEFL(托福，美国英语能力考试)，价值观 SAT(美国高考)。我们把时间都花在课业上，连考试都要反复训练，怎么就敢这么大咧咧地把孩子放进社会，让他们一进丛林就立刻拥有判断的能力呢？

在过去的半年里，我们讨论过"一滴血的骗局""聚会吃鼻涕虫导致残疾""叙利亚难民""京东假货事件""上海女子午夜骑马上路"和"妈妈菜市被抢，儿子护母被刺死"等系列事件，在探讨中，我发现孩子们的智慧和集体互动的力量太强大了！我们不与他们深度交流，都不能发现孩子们在迅速成熟，而且他们胸襟之广阔远胜我们这一代。我们尚有地域、国界、种族之别，他们是真正的世界人，有大格局和兼具中西的视野，而且都很正直善良。

今年我们办志学礼的初衷缘于最近发生的几起未成年人案件。这些孩子体格上已经趋近成人，但行为上尚不具备负责的能力，家长若不警钟长鸣，孩子们都没有意识到在不知不觉中，他们要对社会承担责任了。

所以，我们想让七位今年将步入十四岁的少年明白，

爱不妥协

从今年起，你们就要负部分法律责任啦。你们的言行举止要尤其谨慎，不可造次妄为，每做一件事，都要想一下有没有对他人、环境等造成伤害甚至危害。

本次活动，我邀请了刘力红老师来观礼，为孩子们发表祝福。没想到刘师却给我们父母上了一课。

他说："我要提醒在座的各位，你们都是社会的精英，在各自领域里都是有影响力的人，我很高兴你们在家庭教育上花了那么多心思，为孩子提供那么好的学习条件。但你们不要忘记，你们供他们留学也好，学习琴棋书画也好，找最好的老师也好，都比不过自己积阴德。身教重于言传，教育是以身作则，教育是广结善缘，教育是为大众谋福祉，教育是通过你自己的行为让孩子感受到未来要做什么样的人。能够祖荫三代以上的，既不是钱财也不是社会关系，更不会是权力，而是德行深厚。一命二运三风水，四积阴德五读书。天天逼孩子读书，不如天天坚持做善事做好人，老天会记在眼里，老天会善待你的后人，顺序莫错。"

我深有感悟。吕世浩老师有一课，叫"世家名门教育"，列举了能够流传千年以上十几代名门望族的共同特点——
他们不是天生的文臣武将，他们只是把德育置于技能培养
之上并作为家训。

香港的演员沈殿霞去世多年，她最放不下的是独养女
儿欣宜。结果没想到女儿在命运多舛后最终成长起来。我
记得有一篇文章说到，欣宜想发唱片，就立刻有业内最资
深的作曲家为她写歌，她不知自己为何有这样的好运，因
为她看起来资质平平。作曲家说："因为当年在我默默无
闻的时候，肥姐帮过我。"这就是肥肥积攒的阴德。"人
行阳德，人自报之；人行阴德，鬼神报之。"我们勿论鬼
神，只谈前人栽树，后人乘凉。

我猜想刘德华的女儿，未来一定会发展很好，因为她
爹几十年慷慨助人，每一个受过恩德的人都会尽力回报给
他的小孩。

元旦这天，是孩子的志学礼，也是我们家长的成人礼。
与其要求孩子，担心孩子，不如自我要求，自我成长。

爱不妥协

营造和谐亲子关系从反对专家开始

　　某天，各个家长群照例转发一篇专家文章："知道这五点，你会不忍心再骂孩子"……这样的文章平均一周会发五篇，每一篇都是恰逢其时——在我即将情绪失控要揍小孩的时候。

　　文章里会列举哈佛大学教授研究证明：小孩情绪不好会有身体疾病，小孩被语言 abuse（辱骂）了会影响发育，你骂一次小孩，爱他一百次都不能挽回那个伤害，被骂的小孩会有很大的心理问题……

　　在过去，我看完就诚惶诚恐，能够立刻把升腾到要破口而出的骂声收回去，一个人回房间默默自己疗伤。

　　直到今天，我发现自己进入一个很可怕的循环。

　　开学第一天，偶得的老师告诉我他饭卡丢在门卫那儿了，第二天告诉我他的围巾丢在活动室了，第三天素萍告诉我他两件外套在学校没拿回来，家里没外套了……我都忍了，跟他好好谈关于秩序管理的问题，让他心思不要都放在手机上。

然后，我心疼他睡得晚，给他买个颈枕让他在车上睡觉，不用他吹气，手一按就泵好，几百块，他一次没用就丢了，问他丢哪儿了，完全不知道！

这要是不打不骂，你们觉得我的哀怨会不会堆积成疾？

我正要发火，就被朋友圈专家给教育了，我收拾好破碎受伤的心，默默关上卧室门自我疗伤。然后我觉得我不对劲了！我已经到了一听门铃响知道他回来，本能反应就是把门一关跳到床上用被子把自己裹起来不想见他的地步。我一般都熬到他们在外头吃完晚饭，等儿子进房间了，我再偷偷摸摸出去吃晚饭，这样就避免与他会面、有眼神接触、暴露我想骂他的心。

我每天在我的日历上打钩，告诉自己快了快了，还有

爱不妥协

几年他就离开家里。我现在像寄居蟹，只要我儿子回家，他就侵占整个家为王，我则躲在我自己卧室里不出来，若恰巧遇到他申请什么夏令营准备资料，故意拖拖拉拉搞到半夜一点半还不睡，我的头就要炸了，自己在朋友圈发泄。

我感觉这个世界其实是多维空间，一个地球暗藏无数小宇宙。随便跟谁在一起就会翻出你不同的维度来。比方说，我现在确认，跟偶得爹相处的那维空间就是把我最恶劣的人性暴露出来；换了秀才，我那个比较好的维度就展现了；在我写作的维度里，我像齐天大圣；而儿子，他一个人占了我所有维度，我的最好最坏最美最丑里，都有他……

我其实不孤独。我每天发完朋友圈，好多妈妈都回复，现在全看同病相怜的别人家孩子的各种不好来安慰自己——我们不是一个人在战斗！

我家素萍，每天一到六点，干活的动作就很磨蹭，脚步越来越凝重，我就鼓励她："加油！你不可能不回家面对小孩！"素萍就快哭了，说："我一想到要回去面对小孩就压力好大！比干一天家务压力还大！"

上次去美国，遇到一个生了三个娃的妈妈，在start-up 公司（初创公司）工作，每天加班到晚 9 点。我说，你家有那么多小孩，你干吗不找政府单位工作，轻松一点，回家带娃？她大笑说她认为上班比带娃轻松多了。政府单位不能去，最近很穷，经常发不出工资，要求他们一周干三休四，她说："我不在意钱，我在意那四天我会爆炸！"

所以，专家们，你们都是伪善！父母子女关系是事物的阴阳本体两面，我们把所有阳光给了小孩，我们心里剩的都是阴暗，你们觉得这个家庭是健康的吗？

我带领家长奋起反抗！我们必须打小孩骂小孩，只要下手不太重，语言不太尖刻，适当发泄一下有益于家长身心健康！下一步我要着手偕同家长制订一部"骂小孩词典"，只能在这个范围内骂，不能出框，再把戒尺捡起来，只能打屁股打手，我觉得这样的规范化发泄范围才是和谐家庭的总纲！

爱不妥协

欢迎来到真实的世界

庆阳高三女生遭班主任猥亵导致抑郁，跳楼自杀。自杀前她在天台上摇摆了六个小时，一部分看客带着吃人血馒头的心热盼她纵身而下。有一个消防员哥哥领完结婚证二十分钟，听到解救的命令迅速奔赴现场，不断与其聊天劝慰，未果，女孩最终松开了消防员的手。我们听到了消防员哥哥撕心裂肺的哭，也听到了围观群众的欢呼。整个过程有视频记录。

前一段时间，偶得的一群好朋友参加某项比赛，选拔过程中，比赛组织者加裁判的家长，其女儿在另一组参赛，一路受到庇佑，生生打败了偶得的铁杆哥们儿。孩子们在群里又沮丧又气愤，直呼不公平。那个女孩所在组最后杀进决赛取得第二名。赛后，我组织孩子们开了个讨论会。

我问孩子们，你们觉得 ×× 所在的队伍表现不好，屡屡得胜，这样公平吗？孩子们还在气愤当中，纷纷说：太不公平！太恶心！她有什么本事？全靠父母帮忙！

我笑了，我跟孩子们说：恭喜你们，走进真实的世界。真实的世界里，没有一件事是公平的。从孩子一落地起，就面临着种种不公平。有人长到了 2.26 米，他出生在"篮球家庭"，于是他是姚明，他能去 NBA，你不行；姚明很努力，但在打篮球这件事上，绝对不是努力就能解决问题的。像赵薇、杨幂、很多冰冰等，她们很努力，她们可以当女一号，而另一部分女孩更努力，可长相上就限制了当女明星的命。更不要提有些孩子生在皇族，从落地起就等继承王位。

人生来就分高矮胖瘦美丑、有钱没钱、不同的肤色——这才是真实的世界。

所以，年轻的孩子们，不存在百分百的公平，没有一视同仁的脉脉温情，不一定所有家长或者所有老师都爱孩子，单位领导或同事没义务关心你帮助你，绝大多数情况

爱不妥协

下人情冷漠，你在或不在，除了爱你的人，大多数人根本不关心。

你学那么多数学语文地理历史知识，目的不是让你显示你有多博学，而是为了让你知道真实世界的构成，从而努力寻找你擅长的法门，利用你与生所带的擅长去与其他人的短板比拼，将你的优势拉大。

所以，首先你要自强，不停强化自己的优势，用超人的努力和毅力，甩掉你身上其他短板；其次要学会接纳现实，宽容他人，不能宽容的伤害，放下且远离；最后，心向阳光，不让爱你的人失望，不让害你的人如愿。

等你长大了变强了，等你有能力了，努力建立你心中的理想公平人文社会，依旧对美好有向往，不被丑陋打败。

我们每天在被社会磨砺甚至凌迟，哪怕痛彻心扉，失去血肉，也最终不失风骨，并记得感恩那些温柔爱你的微笑和为你真心流出的眼泪。

就像那个消防员哥哥一样。

记住社会瞬间的美好，并传递下去。

Chapter 2
人为什么要有孩子

孩子们，你们知道什么是真正的公平吗？真正的公平就是那个得到冠军的队伍，他们甩开了所有的暗黑，让不公平本身都难以超越，然后向世人展示一切奖赏都是应得的！

爱不妥协

青春期与更年期的关系

我坚信，一个女人要是没有青春期的娃，更年期大概会在六十岁才发生。

青春期是个很怪的时段，昨天他还蹭在你床上滚来滚去求抱抱求亲亲，分开和老公亲热的你，今天忽然就嫌弃你了，不允许你靠近，不允许你碰他，你随便发一句感慨他能立刻回到噎死你。如果有一天，你温顺的孩子忽然跟你找碴儿闹别扭，拿眼睛瞪你，别怀疑，他的青春期到了！

我这样能言善道的人，就是找不到与偶得交流沟通的渠道，你说的每一句真理，翻开任何一本书都这样说的话，他都会怀疑。而且只怀疑你。

我在琢磨以后做好饭要不要像做河豚的日本厨子那样当食客的面儿先尝尝，半小时后不死再送给他，免得他觉得我做饭都是要药死他。

喊一遍，喊两遍，喊三遍，不理。这个，我习惯了，儿子从小就这样，确切地说，每个小孩都选择性耳聋。

我家猫，那天一早卧在秀才脚上，我们要出门旅行，早早给它开了罐头。平时都是傍晚开。秀才踢踢它说："你还躺这里？罐头都给你开好了放阳台上了。"你们知道吗？那只肥猫，噌地蹿出去，准确地奔到罐头边上，我和秀才诧异对望——它是懂我们的语言的！但为什么我跟它讲"你不要上床，到处都是你掉的毛"的时候，它就变成蠢笨的动物对我们置若罔闻了呢？

我在猫酣畅吃罐头的时候，恍惚间感觉它是我生的，否则为何它跟偶得像亲兄弟一样？对他们有利便听，不想听就聋了。

我习惯他选择性耳聋，但我现在不敢像他小时候那样开始数"一二三"，现在他不给我数数就不错了。一个不走心，疏忽了他啥事，他就开始冷暴力我。各种非暴力不合作。比方说，旅游团里，就他一个人玩失踪，在你焦躁

爱不妥协

到要爆发的时候，他酷酷地在阴凉地里冲你耸耸肩。

我只能按捺脾气跟他说话，告诉自己，真正的大修行到了！婚姻跟青春期儿子比算什么呀！婚姻你不高兴就能跑；儿子，你再生气，你都舍不得把他遗弃了。

我看现在暑期，家长组织各种夏令营队在折腾孩子，越苦越好，什么戈壁三天徒步 70 公里，野战军沼泽地生存五天……我以前听到这些营队，都想，大概只有后妈才会把儿子送去吧？现在我老是提前一年打听哪有这样的地方，最好再苦点儿，一是把青春期孩子的电耗光，二是把孩子交给魔鬼教练替我出口恶气，三是给自己放放风，家里太压抑了。

青春期是人生非常重要的分水岭，度过得好的孩子会把挠得浑身燥热、肝肾不交的荷尔蒙缓缓释放掉；度得不好的孩子，脾气性格都会逆天倒转。

我这两天刚看了一篇文章，说的是班主任兰会云带着高考完毕业的孩子骑行 1800 公里的故事。我真的非常希望把孩子交给这样的老师。家有青春期的孩子，无论父母

Chapter 2
人为什么要有孩子

多"牛掰"，孩子都不感冒，这时候有一位精神偶像一样的教师带领他是多么重要！

人生都是欠债还钱。

我看偶得现在的样子，唯一能接受，不与他斗狠、总是谦让的原因是，他比我当年的狂放要温和多了。我当年对我妈太不好，现在偶得就是在讨债。

一报还一报，无悔无怨。

爱不妥协

拉德斯基进行曲

　　每次听音乐会，交响乐团的结束曲都是这一首老约翰·施特劳斯的《拉德斯基进行曲》，接近曲终人散，乐团和观众都情绪高涨意气昂扬，虽然有不舍，却也是兴高采烈地在指挥的带动下鼓掌，时而轻柔，时而嘹亮，曲毕人散。

　　今天，我的闺蜜在离婚大战里，因为孩子的抚养权问题与孩子爹争得面红耳赤。

　　我说："争什么呀！争不争，她都是你的孩子。你是亲妈，你要看她随时看，爹不允许那是违法的。再说了，你在孩子那儿，有啥权利呀！你就有个掏钱受气权，这有什么可争的？他一到青春期，你们自然就疏远了；过了十八岁，你们之间就只剩金钱关系了。"

Chapter 2
人为什么要有孩子

我儿子偶得，这两天去日本夏令营。夏令营不许带手机，我千叮咛万嘱咐，让他到地方给我发个邮件，汇报近况。结果一去杳无音信，看他消息得上学校网站，在一群穿同样服装的孩子视频里，使劲辨认哪个是我娃。我怕他记不得我邮箱地址，还考了他三遍，没用，将在外军令有所不受。

我朋友说："听起来好像渣男哦！"

我说："比渣男还不如。渣男你还能分手。儿子能分吗？又生不出了，没替代产品。国家鼓励生二孩是对的，一定要在家里形成竞争机制，不然一个娃优越感太强了。"

养儿子比科创板回报率低多了。他十八岁以后除了要钱给你发个一两字的微信，其他时间不会找你的。等他工作了，谈恋爱了，你要见他得提前半年预约。我在欧洲旅游，闹市广场上年轻人乌泱乌泱的，又亲又抱又唱又跳，拿着大人花钱堆出来的本领，吹着号拉着琴不知道多浪，没见一个带爹妈的。

其实我也一样。我出去玩也不带爹妈。代代都一样。

爱不妥协

想明白了就对老伴儿好点儿,他才是那个陪你走最长的人。

　　所以,父母要有老施特劳斯精神,告别的时候高高兴兴的,鼓掌欢送!曲终人散终有时,每家都一样,人生就是一场戏,音乐会听完就过去了,别老想着霸占舞台天天看戏。

TEAM WORK（团队合作）

今天晚上，偶得老师罕见地跟我告状，说儿子作业极其敷衍。我问了偶得。

偶得却跟我讲了一个人际关系的故事。他说，那天有个project（项目）到最后截止日期，原本是三个孩子团队合作，说好了另两个娃做前期资料搜集，他负责整理出来并画图。结果，在最后一刻，有孩子两手一摊说我啥都没干，你自己搞定。偶得说："我几乎一个人干了三个人的活儿，然后还要再做别的作业，非常疲劳，所以作业瞎做了。"

我说："那你跟老师道歉，然后把作业重新做一遍。"他说"好"。

然后他问我："妈妈，要是你遇到这样的情况，你会

爱不妥协

不会觉得委屈？团队的活儿都是你一个人干的，要是好，另两个人得分跟你一样；要是不好，他们还可以推托说是你一个人的错。"

我说："妈妈这一辈子每次出发，都做好了这样的打算。但我没什么可委屈的，因为一路上来，我成就了，我拥有了比别人高的位置和名声，还有钱。

"我跟你分析一下，你就知道，你也没什么可委屈的，因为你没有计划好。首先，这个团队成员是你自己选的还是老师发给你的？"

他说是老师组的团。

我说："在没有选择的情况下，你如何确定这个项目进展到哪一步了？你是最后一棒，你之前是不是要监督前面的人有没有跑，跑到哪里了，以做好接棒准备？你们分工了却没有督查执行，自然最后你就会手忙脚乱。你现在生气事都是你一个人干的，我觉得不好，你原本就应该每天了解进度，开电话会议。万一有问题，大家协商解决。这才是 team（团队）。"

他问："为什么是我要督促大家？为什么不是自觉？"

我答："因为己欲立而立人，己欲达而达人。你自己想得好分数，就要帮助团队的人一起进步；你自己想建功立业，就要有团队的帮助。你成就了，大家跟着沾光，你发达了，团队跟着分享好处。同舟就要共济，你们三个人在一条船上，每个人都期望别人划桨，这个船肯定不会前进。出了事就埋怨他人，而不是找出下一次改进的办法，那你一辈子就总是在委屈和生气。

"真正厉害的人，从不委屈。因为委屈就是在缠绵过去。你要赶快解决未来即将发生的麻烦，这次的教训就是下次再组队，要么自己牛，别人觉得找到你成为你的队员就成功一半；要么谦虚，找比自己优秀的同学，跟人后面端茶倒水做好服务工作，向人家学习；要是没有选择，那就要有'只要我在船上，船就会乘风破浪'的决心；要是还能鼓动其他同学积极参与，那你就是领导。"

偶得问："妈妈，为什么要做领导？为什么不做普通人？"

爱不妥协

我说："因为你只要保持在任何队伍里都不可或缺甚至引领大家、服务大家，那你这一生都有选择的权利。你越好，你就越能选择谁是你的伴侣，谁是你的朋友，谁是你的合作伙伴，谁是你的学生。

"然后你的人生，就顺风顺水，求仁得仁。"

CHAPTER 3

出世和入世

爱不妥协

我的组屋情结

　　周末，我与秀才闲逛，无意走到一片组屋区。组屋，在新加坡叫 HDB。HDB 是新加坡政府为本国公民建造的平价住房，这个小区离市中心驾车差不多 20 分钟，130平方米的住房价格差不多 60 万新币（约 300 万人民币），但新加坡家庭平均收入比较高，再加上政府对公民补贴3 ~ 10 万新币（约 15 ~ 50 万人民币），所以大家觉得买房不是负担，基本上工作后一两年一结婚就能买得起。

　　组屋区一楼是 NTUC（新加坡职工总会）超市、幼儿园和各类食阁、牙科诊所、宠物商店、居民联络所和卡拉 OK 活动中心，应有尽有。

　　今天恰逢圣诞节前的小区活动，广场上人山人海，议员带着老人们一起跳舞。说实话，舞姿真不能恭维，感觉

Chapter 3
出世和入世

能举手踢腿拍巴掌就算表演了，没想到却是满堂彩！因为观众都是自家子孙，热情高涨！

小区居民人手一张 coupon（优惠券），可以凭券领取免费的水果饮料，还有老曾记赞助炸春卷、鸡块一类，排队可得。我猜想是人民行动党组织的基层活动。我也免费领到安慕希酸奶一罐！除了表演队伍之外，各处游戏也是精彩纷呈，大人带着娃做橡皮泥、投篮、套圈、可立拍，还有气球赠送！整个小区全家出动，到处歌舞升平，一片祥和。

住组屋区，是我的梦想，邻里之间守望相助，互相关照，谁家帮收个衣服，谁家送个水饺，感觉像七八十年代的中国一样。我娃小时候就经常到隔壁胖奶奶家的楼去吃糖蹄，我们家水管坏了都是邻居爷爷来修，而附近孩子们到晚上就会捧着作业来我家求辅导。我家当年住的屋子，大门常年不锁，好像家家户户都差不多，便于串门儿。

现在，我已经没有资格住组屋了，心里对这样的生活还是无比向往，想念以前的居民联络所，不时开车跨越半个城回老住地吃鱼头米粉。吃遍全新加坡，鱼头米粉还是我熟悉的阿嬷做的最好，她总是挑有眼睛的那一块给我。今天中午，我又去我以前的家那旮旯吃饭了，擦桌的阿叔现在背更驼了，依旧记得我，大声打招呼："你好久都没来了哦！"很亲热。

我以后退休了，收入降下来，就把公寓卖掉，换到组屋去住，每天到楼下托老所做义工，可以给居民义务推拿、教华文，感觉晚年生活极大丰富！

现在住的公寓，名头上很好听，地段上很繁荣，但总是缺了邻里间如亲人般的交流，也没有组屋这样频繁的互动和活动。以前一到印度节，我们无论哪个族，手上都被印度阿姨画上花纹，额上点上朱砂，谁家不备几套其他民族的服装呀！

新加坡的 HDB，真是政府的良心之作，今天去的小区，1977 年建成，外观崭新，花草茂盛，一点没有陈旧感，离地铁站近，交通方便，周围名校林立，离国大医院一碗汤的距离。政府对底层居民的关心是切实的，是真诚的。

Chapter 3
出世和入世

议员时不时就来走访。我过去住的武吉巴督，议员是哈莉玛，就是现在的新加坡总统，她曾亲自敲过我家门道贺新年。当时我不知道她会当总统，都忘记合影。跟议员相处久了，她总是在你生活里晃悠，你有啥困难都能找到她，你投票肯定不会投除她以外的人。哈莉玛当了总统后很长一段时间还住在组屋，舍不得走。其实我也舍不得。

中国政府有钱有心营造廉租房，这是值得鼓励和称赞的。不仅是提供居所，是否能提供家园，与民众打成一片，想人民所想，有情感交流，直接关系到老百姓跟你之间有没有亲情。这点上，新加坡的做法可以借鉴。

今天的组屋游后，我和秀才感慨，很难说有钱没钱是不是幸福的标准。在新加坡尤其能体现这一点。组屋的百姓收入不高，吃饭都要精打细算，但心地柔软乐于助人，大家的凝聚力很高，可能大多数人都没有机会出国旅游，一辈子都没办过护照，但就是楼下半日游，加上这样生动有趣的活动，老人即使坐在残疾车上，也是乐得露出牙床。小朋友们兴奋不已，不花钱，效果和去昂贵的 Universal

爱不妥协

Studio（环球影城）是一样的。

　　我儿子从小在组屋长大，他对组屋有和我一样的情感。我想他未来若真选择在新加坡生活，一定会融入社区生活，兴高采烈地做义工。今天我还看到住在这个社区的国大医院年轻医生，把橡皮人搬来教居民急救。每个人都爱这个社区，竭尽所能贡献力量。

　　人，最终，不是用金钱衡量幸福，而是爱与被爱。

Chapter 3
出世和入世

天天是节日

拿到三八妇女节作文题目的时候，我嗤之以鼻——把每天活成宠爱自己的节日。本来现在商家制造的节日就多，再自己宠自己，天天过节，怕是要破产了吧？前两天某公众号发表了一篇文章："养娃就是养碎钞机"，让当妈的算一算，你一年花在孩子身上多少钱。我算盘一打，细思极恐！若不是生了台碎钞机，我可以每个月买一个LV！

我是个没有节日的人，确切地说，我最怕过节。过节对我而言就是开仓放粮，父母公婆兄弟远亲员工一圈打点下来，我的账户都要发生挤兑了！

全家期盼的度假，对我就像噩梦。好歹平日里还有保姆周转，一到度假，我就是全家的保姆！

下午儿子学校的老师还跟我告状，说小兔崽子作业又

爱不妥协

没有做完，我应该敲打他了，我正在磨刀霍霍的路上。

你瞧我这活得一地鸡毛，然后，就接到作文题。这是老天在寒碜我吧？这是你们在嘲笑我吧？

我忽然有要哭的冲动。

这个世界，每个人都在等待朕的雨露均沾，朕的雨露都要洒光了！谁来宠宠朕？

下个礼拜我要去做现实题材戏的主讲嘉宾，今天邀请我参加论坛的主持人预先问我：你是如何把现实题材写得如此活灵活现的？长期趴点儿采访？我苦笑说：我哪里需要趴点儿，我自己就是一脸烟火，你让我写古装剧，我也没那个仙气啊！

然后下午就听到两个女明星的故事。上帝在造人的时候，身边有两个罐子，一个罐子里装满美貌的沙子，另一个罐子里装满智慧的沙子，女演员就是这样一类被上帝造出来的人——上帝把两只手都插进了美貌的罐子里。

这两个女演员都声名显赫。一个虽然看着不聪明，但是恋商高，逢男必克，克不下的都是不喜欢女人的，每任

Chapter 3
出世和入世

男朋友都为她寻死觅活甘当奴仆，那些男明星的名单串起来，个个都是少女梦想中的老公；而另一个女星，自带吸渣体质，多好的男人，到了她面前全部变渣。因为，若有个人人得而为瑰宝的女人，天天跪在你面前为你擦地穿鞋洗内裤，你的自我感觉想不好都难。

所以，那个被男生宠上天的女星，越来越美，越来越傲娇；那个次次遭抛弃的女星，都快抑郁了。

事情就那么巧，我的闺蜜忽然电联我，跟我讲，她就搞不懂了，我前夫在我面前那样傲气，我养着家还要哄着他，如王子般清高的男人，在他现任老婆面前，低眉顺眼，老婆回家脱下的袜子，我前夫忙着收起来洗。

我的心，忽然就疼了。

我是在心疼我自己。

这个世界，并没有给心里装着他人的女人很好的回应。我们错在哪里？

我回到家，脑子尚未转过神来，忘记批评儿子，却见儿子欢呼着冲到我面前，给我看他新发布的视频。他刚完

爱不妥协

成一部他认为是大电影的作品，为此他忙了三天三夜。

他让我欣赏。

我原本的怒气，在惊讶中逐渐散去。他是个有天赋的孩子！我给他每月花了那么多钱补习科学、数学、英语，没想到收获却在没有花一分钱的文学里。

我由衷地夸奖了他，热情地拥抱了他，然后他开开心心补作业去了。青春期的孩子，我们难得这样心心相印。

秀才回到家里，我轻轻趴在他肩膀上——虽然我以为是轻轻，但以我的体重，差点把他扑个趔趄。

我说："我累了，脱不动衣服。"

真的，我天天像打了鸡血一样，假装自己是上帝。我可以拯救剧组，拯救病患，拯救失足青少年，却被一篇命题作文戳了心。

我把儿子当成年男人那样期望，希望他完美无缺，并为他尚未发育完全的智商情商而生气，却把成年男人当孩子一样宠溺，呵护表里。

忙碌半世，错误的，终究是我。用力的方向错了，即使再努力，都没有前进。

　　秀才看我累了，忙着为我铺床叠被，端茶倒水，又告诉父母我可能要病了。天天对我高标准严要求的妈妈飞奔过来做饭，爸爸也不再向我投诉手机界面有问题。

　　我柔软下来，世界并没有因此而塌陷。

　　从今天开始，我要把每天活成宠爱自己的节日。

　　佛有三觉：自觉，觉他，觉行圆满。

　　女人有三爱：自爱，爱他，爱无疆界。

　　顺序不可错，一错，黑白颠倒，乾坤倒转。

爱不妥协

发大誓愿

我在美国出差，恰逢闺蜜小平的女儿满十八岁。我非常窘迫，因为没准备礼物，而第二天就要回国，来不及临时准备。

那晚借着小姑娘生日和我要告别，闺蜜家里开了个大party（派对），各色伙伴接踵而至。闺蜜磊磊进门就问我："你明天要走，行李收拾好了吗？"我淡然指着卧室里一地狼藉说："没，就等你了。"她做OK手势。

酒足饭饱之后，几个闺蜜盘腿席地而坐，开始整理我一大堆行李，有叠的，有装的，有塞缝的，还有站箱子上压盖儿的。

而我，向来是饭桌上最后撤退的一位。我啃着杧果，跟一帮男士聊得风生水起。闺蜜的女儿进来看着我，非常

Chapter 3
出世和入世

不解，说："到底是谁要回国？她们都在给你收拾箱子，
而你在聊天。"

我忽然就笑了，冲她招招手，说："我有送你十八岁
生日的礼物了。我送你一个真实的故事。"

我小时候，妈妈特别能干，而我特别凌乱。我妈看见
我猪窝一样的房间就会生气，跟我说，像你这样的姑娘，
以后连婆家都找不到！谁会娶一个像你这样不会收拾家的
女人！你赶紧把屋子拾掇拾掇！然后我就一筹莫展。我糟
蹋一间房间只要十分钟，但我收拾起来要一整天。

我从那时候起，就发下誓愿：我一辈子都不要干整理
的工作！我要把有限的时间花在我喜欢的事情上。

愿力是很了不起的。

然后我妈的担忧从未实现过。我十五岁就恋爱了，男
朋友超整洁，特别会收拾东西，连我的笔记都誊抄得干净
利落。我结婚了，婆婆超能操持，我进门就等吃等喝。后
来去了新加坡，最大的福利就是雇菲佣，人家都投诉菲佣
各种问题，我家菲佣与我相处极其和谐。再回中国，菲佣

爱不妥协

带不回了，我妈幸灾乐祸，说我回国就是劳动改造来的。结果我一下飞机就找保姆，素萍从第一天起与我生活在一起，到现在已然是一家人了。

这就是大誓愿的力量！

"你瞧，我虽然身在海外，但从不孤立无援，你妈，这些阿姨，都把我照顾得好好的。"

外头传来呼唤，很快，十八岁花季少女的爹也被使唤了，因为行李箱超重，大家在筹划拿出啥才不用交超重费。身为万人之上大高管的姐夫，一会儿掂鞋，一会儿称书。

花季少女在门口看见，惊呼："我从来没看见我爹干这个！"

我说："瞧见没？许愿一定是有用的，千万别瞎许，就要许那些实在的，找到你最不爱干的事，或者你最喜欢的事，你再发愿。千万别许什么'嫁给王子'这样的，不切实际，太苦了，生完娃7小时就要站在镁光灯下，日子又不是给人家瞻仰的，要自己舒坦，听见没？"

花季美少女心领神会地走了。

Chapter 3
出世和入世

　　等她一走，箱子也拾掇好了，个个都严丝合缝，闺蜜、大叔们回到饭桌边上——然后轮到我上场，给他们挨个捏脖子扎针。

　　闺蜜说："你应该告诉我女儿阴阳理论，所有大誓愿背后都有代价。别让她光看见世界的美好。你虽然不收拾箱子，但也没闲着。"

　　我说："嘘！千万不要告诉一个五岁的孩子世界上没有圣诞老人；千万不要告诉一个十八岁的姑娘爱情都是骗人的；更不要告诉她阴阳理论，魔术只能看舞台正面，背后看见了，就穿帮了——哎大姐，都揉了半小时了，你不怕我手酸吗？"

　　"别停！我腰你也要给我整整！"

爱不妥协

谁在阻碍我们晋升？

　　我们去北方某地义诊，当地是有名的贫困地区。到了那里，竟然感觉不错！街道敞亮干净，领导热忱，有脱贫决心。

　　住进宾馆，第一天洗完澡，我习惯性地把毛巾晾在椅背上等收，没人收；我以为他们没看见，第二天洗完澡，把浴巾放浴缸里，等收，回来看见浴巾原样躺着；凑合着洗完，扔浴室地上，心想，这样你总会收了吧？第三天回来一看就气了，地板上还是那条浴巾。得亏我修养好，打电话到前台保持平和的声音："我房间的浴巾你们忘记换了，麻烦来换一条。"

　　对方理直气壮："我们这儿一客一换！"

　　我大惊："那我要是住一个月怎么办？"

　　答曰："都一样！一年也一样！"

　　我立刻说："我现在退房，然后再入住，麻烦你给我换新毛巾。"

　　对方答："你再退，脸又没变咯！我认识你，毛巾还是那条！"

　　我冲到楼下跟她们理论，发现服务员团着手拉呱儿，旋转门玻璃上就脸蛋一块儿是透明的，其他地方都是厚尘。我说："你们闲着聊天，不如把玻璃擦擦啊！"服务员答："擦玻璃，那不累吗？"我向领导反映，希望他们能把这些工作人员改造好。领导忙摆手说："您可别批评他们，这些都是我们这里的勤快人了！至少还愿意工作！我们这贫困县里有多少人就伸脖等着救济呢！你看我们这大街干净吧？全是领导扫的门面给你们看的，隔三岔五，这里老百姓会给市里领导打电话，问我们怎么不来扫地了！"

　　我目瞪口呆！

　　领导说："这些都不算什么。还有更吓人的，人家支援的扶贫资金，发到县里，县里买成生产资料，就是鸡崽

爱不妥协

猪崽，给农民送去，怕他们不会喂，每天开车下去帮他们喂鸡喂猪示范给他们看。好不容易教会了，下次来验收扶贫成果，才过俩礼拜，他们把生产资料都吃了。你送书下乡、送电脑下乡人家都不要，要智能手机，还挑品牌。"

我无语。

闺蜜创业十几年的公司上市后，她因身体原因离开主业，想把残破的身体修复，就开了家养生馆。凭过去的企业管理经验，她做了系列长线培育，定向从山区技校或中专招应届毕业生来，组织行业优秀教师来培训，请教授讲课，带孩子们看博物馆听音乐会，天天洗脑，希望她们过上有追求的生活，还给孩子们请了厨师专门买好油做菜，苦口婆心劝孩子们不要吃路边摊，有地沟油，养生从年轻做起。孩子们并不感恩。闲暇时间喜欢打游戏看无厘头视频，打牌到深夜，一个月来三次例假，一年家里婚丧嫁娶五回，上班嫌活累，月底嫌钱少。这样的店开了三年，月月亏钱。闺蜜最后一个月跟以前创业团队里拉出来的几位高管说："我们这几个，到社会上都是管理上千号人的硬杆子，结果被这几个姑娘搞得没脾气。我们其实啥都不干，也能幸福生活了，做这些，真的是为自己吗？更多是希望在富裕以后，能够给那些像过去的我一样藏在深山、渴望幸福的姑娘一个好生活吧！但靠抱靠推不行，她们得有自己的原动力。"

闺蜜遂关门转行，投入教育行业，一下轻松好多。她说："多读几年书的人，至少对前景是有追求的，不让我那么费劲。"

我们曾经到南方山区义诊过，印象很深的是一些求上进的孩子，虽然我们是去义诊，他们却抓住机会拿着课本问我英语。我非常想把这些孩子带出来，因为培养了他们，就等于挽救了整个村。但我也想过，这些优秀的人，还愿意回去带领那些没有向上欲望的人一起向前跑吗？

我不愿意把人分成三六九等。但毫无疑问，人是分阶层的。美国一项研究表明，跨越阶层是最难的事情。这就是为何美国会给予深陷苦难家庭却依旧奋发图强的孩子更多的偏袒，我猜想，是为了让那些努力的人有机会摆脱不

爱不妥协

属于自己的阶层，进而与同气相求的人接近。这些人一旦进阶，其创造力、爆发力和对社会的贡献是惊人的。

所以，人的分层，不是以收入划分，不是以学历划分，不是以地域划分，不是以职业划分，人的阶层是以向上的意愿划分的。你勤奋努力踏实值得信任，认真做好每天的工作，上对得起客户下对得起家庭，通过自己的劳动赢得尊重，有机会就如饥似渴地学习，你就是高阶层人口，任何人都阻挡不了你前进。

吕世浩老师说："人家能挡住你升官，挡住你发财，但能挡住你自我成长吗？"

能挡住你成长的，只有你自己。如果连你自己对未来都是不切实际的期许或者仅限于口腹之欲，那连拯救世界的超人都会放弃你。

Chapter 3
出世和入世

冲动是魔鬼

晚上赶回家吃饭，经过地铁站附近，一片喧闹，助动车人仰马翻，临时摊贩四下逃窜，我以为城管来了。

走近一看，二男一女打成一团。其中一个相貌平平的男孩 A 明显处于劣势，被逼到广告板前不能动弹，无还手之力，一只鞋都飞出去了，而女孩一直在护他，挡在那个揍他的男孩 B 面前。

B 长得干净清秀，看起来并不像粗鲁之人，没想到下手稳狠准，拳头都紫了，还有血丝冒出来。他不打女孩，只打男孩，女孩一面让落败的 A 速走，一面跟 B 讲道理，且讲且退，那意思是要跟 A 伺机钻进地铁站逃跑。我一路跟过去看，秀才拦都拦不住。

事态开始紧张，B 追过去揍地铁站口的 A，而站里站

爱不妥协

外熙熙攘攘，躲避不及会发生踩踏，而且 B 拖住女孩，不让她离开，女孩已经从克制到尖叫。

我果断冲过去作为人墙挡在中间，拉住 B 说："你不要这样，你已经威胁到女孩的安全了，你没有权利拦住人家，你站住，不要走了！"又转头对那一对说："你们快走！愣着干吗？！"结果 B 人高马大不依不饶，推开我又追下地铁站，我立刻奔过去，冲后面的秀才喊："你拦住他，要出事的！"

秀才一把扯住男孩，跟他说："你这样犯法你知道吗？你又打人，又拦人家姑娘，人家要是报警，你是要坐牢的！"

我和秀才连拉带拽把男孩拉到地铁站外，我开始苦口婆心："孩子，我不论你们之间发生了什么，我希望你冷静，你一定要想想你父母，他们把你养大很不容易，万一你冲动做出什么，你让你爹妈怎么活？我也是有儿子的母亲，我孩子以后也会在外独立生活，如果我知道他像你这样不顾前程做傻事，我的命都会没有你知道吗？爱情有就有，没就没，很少有人相亲相爱一路走到底，你克制自己，平复一下情绪，过二十年再回头看，这点事不是大事啊！"

我这边在熄火，那边男孩 A 还不省心，转头又回来了，看有人拉住 B，他又横了，说要打回来，说 B 把他手机弄坏了，全然不顾自己灰头土脸、蓬头垢面的狼狈。我呵斥他："你不要找事！我拿命在保护你，你还舍不得一个手机？！快走！不要回头！"女孩也说："我跟他分手很久了，他总是纠缠不休！"

我跟女孩说："你们都走！必要的话你暂时离开这个城市！不要叫爹妈担心！你快走啊！！"周围人一起轰赶，俩人走了。

我把 B 拽到僻静处，说："我们不要叫大家围观，有什么苦水你现在倒，说出来就好了。不要憋在心里。"

男孩忽然就哭了，说："阿姨，我和她好了两年半，都要谈婚论嫁了，查出她有 ×× 病，我带着她看病照顾她，谁知道她刚好就偷偷下载交友软件，跟那个男的好了。都没有给我一个交代，我心里觉得不公平。"

我说："孩子，爱情里哪有公平？爱情是最没有把握

爱不妥协

的事情，不像工作，耕耘一分收获一分，爱情是付出全部真心都不一定会有回应。她不珍惜你，说明她不是你的。你不要为过去的付出感到寒心，适合你的女孩正在前面等你。你不要因为冲动做出傻事，刚才你揍他，他脸色全白你知道吗？要是他心脏病发或者脑出血倒地，你就是杀人犯了！你父母养育你这么大，难道抵不过和一个女孩两年半的感情？你这是在要你父母的命啊！遇事一定要冷静，不能冲动！"

男孩擦了眼泪说："阿姨，道理我都明白，可我就是过不去。"

旁边一位大叔插嘴："你长那么好看，有打架的时间，一堆女孩都追到手了。那个男的很难看的，女的也配不上你，你怎么跟他们计较？配不上你的就让他们走吧！"

另一个大妈也说："你是当事人，我们旁观者清，你的前女友护着那个男的你知道吗？你已经输了，认账走人吧！"

孩子在一群大爷大妈的叨叨下逐渐平复，最后说："我回去加班了。"

年纪越大，我越像我小时候不屑的母亲。我小时候长得冰清玉洁，从没想过有一天会像我妈那样当街掺和人家私事，不顾头脸地大庭广众之下扯着纠纷男女。是不是年纪越大，吨位越重，好管闲事的心就越盛啊？我妈也就算了，没什么大事情。我忙得脚不沾地，居然会为陌生男女在大街上耗费一个钟头。

我其实是有一颗母亲的心。冲出去的那一刻，我是有些害怕的，万一那个帅哥怀揣一把刀捅了我，我儿子就没妈了。但我作为母亲，多么想 N 年以后万一有一天我儿子脑子糊涂，会有另一个像我这样的妈冲上去抱住他，让他舒缓情绪。

孩子们啊！你们要学会体谅父母，你们是父母的命根，中国古话云：身体发肤，受之父母，不敢毁伤，孝之始也。你们失恋也好，失业也罢，这都是人生履历里不可缺少的路径，不通过此等剥皮抽筋，不能成熟到为人父母，为社会栋梁。所谓忍，就是心头插把尖刀，忍过去了才会有广

爱不妥协

阔前程和无限幸福。跟司马迁遭受宫刑写成一部《史记》比，你们这些情伤都算什么呀！你们的远大志向呢？以后当领导人的命格，还没碰上坐江山的伴侣就折戟了，不划算呀！

你以为六六阿姨没有在深夜哭泣过？你以为你的偶像们穿得美美的在镜头前跟你打招呼，私底下没有宿醉过？都有，都要自己扛。宣泄要有度，不伤上人，不伤外人，不伤自己的根本。

多大的难处，都会过去。千万不要一失足成千古恨。六六阿姨替你们的父母拜托你们了！

Chapter 3
出世和入世

最讨厌的一句话就是死者为大

谁告诉你死者为大的？杀人犯被枪毙了难不成还要绞尽脑汁歌颂其找不到的优点吗？

死，有的人轻如鸿毛，有的人重于泰山。绝大多数人，尘归尘，土归土。该死的没死要声讨，不该死的死了也要检讨。

我这个感慨是针对一个博士生的。我仔细研读了他选择自杀的原因，感觉匪夷所思。这在人生中才是多大的事呀，就寻死觅活！读了那么多年书，连珍惜生命都不明白，书不是白读了吗？

这个孩子是村里学历最高的，家有父母兄弟姐妹，还有女友。就算退一万步说，跟导师性格不合，看不惯导师做派，你退学就是啦！更勿论学校有章程，不愿意读博的

爱不妥协

可以拿硕士文凭。女友和家属说，看起来他明显不知道这些规定——那你读书读的是什么？一不明理，二不明条例，有问题不去想办法解决，自己钻牛角尖，都有勇气去死，为什么没勇气跟导师说：我不想读了？！

我看了一些导师与孩子的对话，因不了解老师，仅从文字上看，都唏嘘感叹了，老师虽然让你帮着干活，但也嘘寒问暖，还怕你生活困难，给你找个打工机会。你看看我跟导师的对话，我哇啦哇啦讲一百多条，人家回个笑脸就算很给面子了。按我的江湖地位，受此冷落，早该撞墙了！

人这辈子，读什么书，做什么工作，最终目的既不是名也不是利，而是去"我"。不要把自己看太重，日子才能轻松度过，遇到啥坎坷困苦了，呵呵一笑而过。

导师让挂个窗帘，挡个酒，就委屈得不能承受了。你要知道，我四十三岁了，刘老师还当众人面骂我："连个做人的样子都没有！"我还跟在后头点头哈腰道歉。而且从内心深处反省，自己的确做得不好，在车行道上穿行，行为不检点。

Chapter 3
出世和入世

　　跟师，跟师，不仅仅是学习科学知识，找课题，那都是人生的一个阶段。跟师最重要的就是用"师"这面镜子照"妖"，照出自己的短，并且适应不同的工作环境和老师风格。

　　没有一个老师是按照你的需求量身定制的，别说老师了，就是父母，也大多数跟子女不对付。我们活在世界上，活的就是放下极端执念，与周围人共融。若实在无法相处（这个我能理解），要学会安全甚至委婉地切割。这个过程才是真正提高自我、登上人生高峰的路径。

　　孩子们啊！你们要珍惜生命啊！死是瞬间的事，但死并不能提高你人生路上打怪的水平。你打游戏一关不过还要重来呢，生活中遇到点心结，怎么就放不下、不肯重新开始呢？才十几二十几岁的孩子，就背上偶像包袱了，啥都没拥有呢，就舍不得失去了，你们的韧性呢？百折不挠的劲头呢？

　　我最近刚听说一个几十年前的留学生回国报效祖国的事，一生的坎坷，够你们现在蜜糖里泡大的孩子自杀好几

爱不妥协

回了，人家最终以高寿笑傲在科学领域里，为大众敬仰。他的遗言是笑着说的："我最终等到了祖国的富强。"祖国富强也不是一蹴而就的，也经历了上上下下百转千回，黄河入海流也要转好几个大弯的。个人荣辱在为中华复兴而努力这条道路上，算什么呢？这是什么精神？这种为大的理想大的目标不在意个人荣辱、把自我降到尘埃的精神是值得我们今天年轻人顶礼膜拜的。

前两天我跟导师就一些眼前的苟且在抱怨。他直接回答我："我不要听这些！你是干大事的人，为何跟这些绊脚石过不去？你眼睛盯在哪里？你心胸放在何处？"我立刻就想开了。

树立远大目标，发大誓愿，吃大苦头，才有大成就。个人得失心太重的人，很难穿过一生的雾霾等到万里无云。立宏志和立恒志，只有这样的年轻人，才不会沉沦在鸡毛蒜皮里。

人死不能复生，我探讨这些问题，是借故去的人，写给活人看的。

出世和入世

　　前两天，我被一则不起眼的新闻打动。一位西雅图机场地勤人员偷偷驾驶一架停在地面的客机，凭着模拟飞行的经验，将它开到空中盘旋。那是临近黄昏的时光，西雅图附近的山水辉映带着淡淡落幕忧伤的晚霞，壮丽而壮烈，然后飞机坠毁在一个无人的小岛上。

　　我看完，有好多触动。大概每个人的内心里都有无数次冲动，离开熟悉的环境，离开需要自己的人群，独浪天涯，像《末路狂花》里的两个女贼，坠落山崖；像一现的昙花，沉寂很久，奔放一瞬，而后湮灭。

　　生活本身就是一架从未驾驶过的飞机，我们这些新手在飞行一段从未探索过的旅程，经常有飞着飞着失控的感觉。越飞你越发现，你的副驾驶老公，搞不好会半途跳机；

爱不妥协

你最倾心照顾的乘客——你的孩子，不听你指挥，满机舱乱跑，也指不定啥时候会跳机；你的员工会跳机；你的父母会跳机；你的朋友会跳机。当然一定会有与你生死不离的朋友，每次遇到气流，都不离不弃。但最终，这架飞机上，你是唯一一个不能跳机的。

我在筹办同有三和上海医馆，刚拿到工商营业执照，还有一堆证书要办。

起心动念是在三年前，刘力红老师那时候还不是我的导师，我们只是认识。他忽然打电话给我，让我给他的学生找教室上课。他说：他在做"医道传承"项目，全免费教育中医药大学在校生和年轻在职医生，教他们用传统的中医方法看病。这个项目没有钱，没有收益，所以租不起昂贵的教室，江浙沪学生没地方听课。

我于是求助到上海卫生健康委员会，委员会给我们找了一个很好的教室，在一个中医药产业园区。但是，过了一段时间，中医药产业园拿到地以后的几年，发展方向变了，我们的教室没了。

我那时候已经被刘老师讹上当他学生的班主任。他为了把我捆牢，还收我做研究生。我就带着我的学生们朝东暮西到处找上课的地方。

我没有过过苦日子，不知道一个项目发展起来这么难，做点好事这么难，有时候高楼的教室周末不开电梯，全体同学要爬二十几层楼；有时候没有跟物业商量好，周末不供电，我们只能聚在一起用手机收听网络直播。我那时候就发愿，我要捐一个医馆给同有三和，在上海，里面有敞亮的教室，有老师带教的诊室，有同学们活动的沙龙，有义诊需要的场地。

这个梦想，历经三年多，正在一点一点光明起来。

感谢所有支持我的密友及我的患者朋友，没有你们慷慨捐赠，我的梦想无处落脚；我也感谢政府官员，上海的官员相当务实，总是从犄角旮旯里找出支持我的政策，甚至掏私人腰包给我们医馆捐钱。

以前，遇到生活中的坎儿，我会叹气，有时候想，随

爱不妥协

它去吧，我命由天不由我，天要下雨，老公要乱爱，孩子不听话，员工要跳槽，你们爱咋地咋地。我对你们仁至义尽了。

现在不这样想了。

我每天遇到超多困难，千丝万缕，头绪纷繁，我却没有逃离的心。从搞清楚上海有多少种土地性质，到合同要细致到什么程度才不会吃亏，到问清楚流程，到开始实施，无数次碰壁和兜圈，但，每天都在推进。

因为那么多人的期望，承受了那么多人的帮助，我愿意待在这里，守着我的医馆，和我一手教育出来的孩子们，看着他们像当年的我一样努力生长，原谅他们的鲁莽，原谅他们的小毛病，原谅他们的出离，一直到最终扶他们上马，送他们走上大医之路。

现在再看城市的霾，城市的高楼，城市的喧嚣和城市的人流，就会多出很多惜爱——每天行色匆匆或者向着玻璃窗外发呆的人们，很多也会像那个地勤人员，像我当年那样，有出世的心吧？

Chapter 3
出世和入世

其实，这个城市，这些与我们有交集的人和事，与远山和大海，还有海上背着小鲸鱼尸体的鲸鱼妈妈游了几千公里不肯放下的爱比，没有什么不同。

你若细细体会，你可以透过灯幕看见云层后面闪烁的繁星，你可以想象斜阳在楼丛背后落下，其实你，在关了灯的小小房间里，闭上眼睛，已经在天际翱翔了。

自由，不在刹那出世，而在恒久入世。

你不入世，就不能体会到纷繁复杂背后的深爱。

爱不妥协

万事敬则吉怠则凶

《中庸》里说："惟天下之至诚为能化"，即唯诚才可以化育人德，化成人道。

我学"诚"从数位师父的送行礼中得来。我几次送高圣洁师父回宾馆，即使她进门了，待我回程，必站在门口目送我走。我数度挥手示意她回，她依旧笑着挥手送别。总觉得去电梯的路很长，后背能感受到来自她的殷殷目光。

我长住刘力红师家，自我感觉已是他的亲人，经常懒怠，他走便走，来便来，我躺在沙发上很自在。后来发现，每次我离家，他必换上鞋送我到大门外，我发动汽车了，他也不转身，就那么一如既往严肃地看着我，目送我驾车远走。日子久了，我粗糙的性子也被融化，知道他回家便门口站迎，他出门就阳台相送。即使很熟悉，礼数也不马虎。

Chapter 3
出世和入世

　　有一次开会，我急着赶飞机，会议结束前拎着行李箱偷偷溜走，却被眼尖的杜玲师母看见，一路追过来帮我按电梯拎行李，一直护送到马路边，看我上了出租车，却并不离去，车开出去很远了，我回头看，她并不知我在车里回头张望她，却依旧如笑菩萨一样频频作揖。

　　我这样的顽猴，从小几乎没受什么传统礼仪的教育，像现在的年轻人一样疏于关怀他人，却享受着很多人的关爱。没想到人到中年，被几位老师的"诚"所化，变得谦恭有礼，也会在意对孩子的教育培养，把"诚恳待人"传递下去。

　　历史老师吕世浩在儿童夏令营结束后，也是快步走到门口恭送每一位学子，即使他们只有几岁。他说，《易经》卦象里难说哪一卦是上上卦，都有变数，唯"地山谦"卦没有不好。卦象上看，原本山比地高，在地之上，但因谦逊退居地下。山肯自低，人肯自谦。一个人若为人谦逊诚恳，自然逢凶化吉，广结善缘。

　　学中医也好，书法也好，绘画也好，首先要形似，

爱不妥协

而后才能神似。万般门道，有一颗对先人恭敬感恩的心，才会有延绵不绝的传承。我们看到武侠小说里，都是某位仙隐大侠碰到一个并不灵光却很诚恳甚至愚善的孩子，就说："我有一身绝世武功，传与你可好？"想来恭敬心是接受传承的第一要务。我以前只是内心里恭敬，外形上放浪形骸，没大没小。我的老师最大的好是，每位老师都能看透我本质，既保留了我原始的善良，又改变了我行为上的如旧。我大概会越来越像我的老师们，最终变成他们的翻版，且把这些君子之行代代言传身教下去。

对现在的孩子，社会、家长、时代总强调个性，但我想个性的张扬还是要建立在共性的规矩之下。倨傲、少教、无诚的孩子，即使有才华，都接受不了精华的灌注。所以，"满招损，谦受益""诚之所感，触处皆通"，这样的老话，都有其甚深的道理。

不多说了，给师父倒茶拎包去。因为我师父今年59岁了，出门也是给他62岁的师父拎包的。我要把队形保持好，不要歪队。

诚实即慎独

我晚上跟儿子分享了公司发生的一件事。我们公司最近开除了一名文创部的员工，因为 TA 虚报发票。

某日，老板风闻江湖传言，员工在我们公司工作两个月，可以多报销出一个名牌包的价钱。老板于是要求财务对每张发票进行追索，很快发现一名员工各种打车报销，与各色朋友亲戚吃饭报销，各种借谈业务出去旅行报销的发票，其中一张票竟然敢说与老板一起见客户，还 P 出一张有老板参宴的照片，而那天老板在异地。

这名员工被开除了。我特意隐去姓名，是怕 TA 未来在江湖上不好混饭。我想各个单位都不能容忍这样品行的人存在。而且，影视圈江湖就这么大，TA 大约只能转行。

我告诉偶得：所谓的诚实，不是不骗家长，不骗老师，不骗老板。你以为你的谎言在糊弄他人，其实他人根本不关心你在干什么、为什么撒谎，大家都只在意结果——老师关心你有没有学习进步，老板关心你有没有做出好业绩，而妈妈，关心你内心有没有煎熬。你的谎言不过在欺骗自己——为自己该干而没有干，或者不该干而干了的事掩盖。

诚实是慎独，是在一个人独处的时候，连自己都不欺骗。拆解这个"慎"字，是对自己的心真。是在别人看不见的地方对自己老实，对天地老实。

一个人有两个银行。街边的银行存着你的现金，天上的银行存着你的品德。你总是提现不存钱，个人财务就会破产；你总是消耗自己的信用，道德就会破产。你若是慎独的人，现金方面有难关，总有人帮忙；你若信用破产，就不会有人帮忙。

我曾经见过我们公司离职的员工去了唐家三少的公司工作，她说来上海探望我，凑在我们写作的宾馆一起住，其间与其他公司业务员谈公务，俩姑娘就坐在酒店大堂的休息凳上聊天，不花老板一分钱就把事情码定。我笑说，

Chapter 3
出世和入世

你到底是来看我的，还是来出差的？干吗不花公司的钱？谈业务也要请对方喝杯咖啡啊！孩子羞涩地说：还不知道能不能谈成合作，我能力小，未能给公司创造价值，不好意思花钱。

这就是慎独。内心惶恐，期望不负老板不负老师，这样的孩子，她老板没见她省钱的地方，我见了。我随时欢迎这个纯良的孩子回归。

人品是竹根，默默蛰伏五年，春雨乍降一飞冲天。

我跟偶得说，妈妈相信你，不再查你手机是去玩游戏了吗、查电脑是去看小说了吗。你已十四岁，从今天起，学会慎独。你的每一份作业，每一次练琴，都是为你自己。你不用以后再骗我或者骗老师。我不需要你给我解释。我无条件信任你。

你只需要做到能过自己心头那关就好。

爱不妥协

老爹的无鞋

我爹王贵，我感觉他每次来我家就是为了拐新鞋的。

无论送他几双鞋、什么名牌鞋，来的时候，不是鞋底掉了就是底纹磨平了。我也是服了他，不晓得哪儿找来那么多破鞋。

我说："你能不能出门不丢我人？好像我虐待你一样。我好歹也是国内一线编剧，出门你还老爱炫耀我是你闺女，人家看你的行头，脚蹬一双唐僧刚从白骨精窝里逃出来一样的鞋，人家怎么看我？咱俩若不能彼此放过，你出门就不要说我是你闺女。"

他说："天天下雨，不舍得穿新鞋。脚上的这双鞋也不差呢！菜场门口打折处理的，99元呢！"

我就气了，跟他杠："一双鞋没几个钱，但滑一跤就

Chapter 3
出世和入世

贵了，你知道一个骨折手术要花好几万吗？人还受罪，你那么胖，谁搬得动你？请护工都比别人贵！"

人老了也不晓得为何那么固执，账也算不清。改革开放四十年成果都被他们昧掉了。我爹妈两个人退休工资一万多，过得还像饥荒年代一样。像这样的百姓，国家不应该发退休金。

我认为国家应该按需分配，让喜欢节省的人少拿钱，让喜欢消费的人多拿钱，这样才能拉动内需。不然钱给了不花的人，内需还是起不来。钱存三十年，都人是钱非了。

我朋友最精彩的评论是："打败你的，除了偶得的天真，还有你爹的无鞋。"

我另一个朋友说："你要是嫌你爹不花钱，咱俩换爹行吗？我爹月月光不说，还喜欢囤无用的东西，我在他那儿就明白了什么是'无用之用'。你说他要是囤房子囤字画还有个保值作用，他囤酱油米面被单床罩……又占地方又容易过期变质，这样的爹你换吗？"

我立刻觉得还是王贵比较好。

爱不妥协

　　据说两代人就是两股怎么都不顺服的麻花辫儿，越是费劲越拧巴。

　　我越来越羡慕老外的生活方式，孩子养到十八岁送瘟神，老年人自己住养老院。每个家庭都不互相戕害。我们东方文化的爱，就是彼此看不惯，还要挤一块儿；互相说不服，非得勤走动……

事事都好，日日都好

2019 年，我从中医药大学硕士毕业，毕业之后学什么？我报了历时两年的吕世浩老师的《易经》课程。这门课我想了好久要不要报。犹豫，不是因为学费贵，而是这门课对我吸引不大，我更想学四书，可吕师没开四书的课。

我曾跟刘力红师学过有传承的打卦。刘师还把他用的签都给了我。我小心装进袋里几乎没有掏出来过。遇到难事了跟刘师抱怨两句，你们也知道刘师的情商，他安慰我的唯一方法就是："遇事算算嘛！"感觉他给我的签，就是他陪伴我鼓励我的方法。我就说："不用算，事事都好，日日都好。"

四十而不惑，到四十了还要靠算命决定自己前进的方向是多么难堪啊！

爱不妥协

今天吕师说："《易经》是君子道，是行君子道的人算得才准。"我觉得这话才是正点。若一直行君子道，其实也不用算了，尽人事听天命即可。

最终来报课程，是想听《易经》阴阳转换的道理和事物变化的内因，也就是"凡人为果，菩萨为因"的"因"。

今天吕师第一次教打卦，吕师说："请把你们想占卜的事写下来。"

我愣许久，竟然没什么事要问老天。老天究竟待我有多好，让我无可求无可问。除了自己学问不好，其他真是心满意足。学问不好又没什么机巧可取，努力就好。我旁边的马伊琍更好笑，认真打卦，要问的竟然是：今晚是整理衣柜还是吃小核桃。也是一个被逼完成作业的学生，无可求。

别人都说明星怎么怎么不好，我的明星朋友们个个都好。海清和小马哥被我拉来跟我一起听课，课间我们一起晒太阳散步，聊天的内容和非明星女人一样，不是老公就是小孩，再就是报什么班好。没任何不良嗜好。女人都对自己要求这样高，学无止境又把事业搞得头头是道，感觉若不是要行天地之道繁衍子孙，真的好想娶我的女友们，又养眼又牢靠。

孙俪也是一个中规中矩的人，确切地说把守中道修成日常。早睡早起，克己复礼。那天有人问我对孙俪的印象，我斟酌半天，答："天道酬勤。"孙俪见面就说："我不聪明，所以我做了很多功课。"她回给我厚厚一沓 A4 纸的问题，这只是读了《安家》前十集剧本。

这个世界上，没有随随便便靠算命就能成功的事。用吕师的话说："你起卦之前，就要把事情已经做到努力的最大限度。什么都没做等天降饲料，老天要怎么帮你？"

其实做到最大努力了，老天不帮你难道帮那些打麻将等杠开海底捞的吗？重读《论语》，觉得自己的日子越来越符合《论语·季氏》所曰："益者三友，友直、友谅、友多闻，益矣。"

爱不妥协

谁的青春没有荒唐过

　　我大专毕业那年，二十一岁，分在安徽某进出口公司，当时是安徽最好的单位——可惜是聘用，没有编制。所以只有干活，没有待遇。单位里发各种福利的时候，我就只能躲起来。

　　那种心理感受是很不好的。有时候，你不是差一箱色拉油两桶棒冰，你差的是平等对待。你原本活泼开朗，日子久了就会自卑。这样过了一年，我辞职了。

　　辞职后到了上海，找到另一份工作，在赛艇俱乐部里卖金卡。我是那时候知道自己不擅长干销售的，张不开嘴，觉得卖一个无用的东西给别人很丢脸。

　　没几个月，业绩太差就又辞职回合肥了，过着浑浑噩噩的生活，不知自己擅长什么，也不知未来会怎样。过一天算一天。

彻夜打麻将。

经常蓬头垢面踩着朝霞回家补觉。

同学聚会也不敢去。人家已经在聊晋升考研的话题了，我还是待业青年。

那时候，只有两件事可干：要么懊恼高中、大学荒废了读书光阴，要么幻想有一天白马王子忽然撞到自己。

也许，大多数人就像那时的我一样，过得不如意，却也没办法。

我都不敢看电视——伏明霞比我小四岁，世界冠军大满贯，生娃还比我早。

我的人生看起来很迷惘。

跟我同样潦倒与迷惘的还有黄渤。我俩一般大，那时候他应该在送货。

所以，像《中国诗词大会》里的冠军武亦姝，像《少年派》里钱三一这样的神娃，早早就出人头地，早早就是人生赢家，那都是神话故事，而绝大多数人，都是林妙妙。

爱不妥协

今天不知道明天在何方。

《少年派》里的妙妙不是一个以成绩见长的孩子，她进精英中学是因为她小姨父，她第一次考试全班垫底，这是她的真实成绩。她在高手如林的学校里被各路大神碾压是常态，而她考得好的几次，不是因为化学老师田珊珊放水，就是因为钱三一帮她押对题。

这个社会，貌似给林妙妙这样的孩子空间很小。高考的时候，善良大气开朗勤劳，都不能折成总成绩。就像当年的我——考完数学就好像已经比别人少考一门课了。

我是知耻而后勇的。在我二十五岁那年，有一天，前夫导师的太太在一群人的聚会上指着我说："别人家的老婆，都是硕士博士，都有正当工作，而你那么年轻，就是累赘。你的孩子以后会以你这样的妈妈为耻！"

我羞愤难当，却又不得不承认她说的是实话。从那时起，我立志要让我的孩子为我骄傲！其实那时候，我都不知道这辈子会不会有小孩。

我奋笔写作，不眠不休，认真读书，虽然读了也不知道有什么用。坚持了七到八年，风水就转过来了，干啥啥行，学啥啥灵。

我知道我是人群中的异类，极少数中盘反击成功。

绝大多数人，可能少时在打麻将，现在还在打麻将；少时看电视，现在还在看电视；少时憧憬幸福，现在在憧憬孩子们幸福。即使有人讽刺你或者咒骂你，你只是生闷气，却不愿意改变自己。

绝大多数人，都是青春荒唐过的林妙妙，中年还在荒唐着。

你们每天冲到我的微博上骂我，不是因为你们不相信妙妙的青春那样乱七八糟，而是希望电视剧里的妙妙摆脱你的命运，变成你心目中最美好的自己。

可我不是写青春偶像剧的，我是写现实题材剧的！我不想像其他人那样骗你！

你们给我留言：我可以单身，请让我的 CP(情侣档)在一起。

你们为什么不自己去寻找爱情？为什么不自己去争取

爱不妥协

成功？

如果你希望林妙妙和钱三一在一起，就要鼓励林妙妙拼尽全力优秀，从而配得上优秀的钱三一。王子与灰姑娘的故事，只能用来麻痹普通的你。真正的王子，娶的爱人，个个都有超能力。

我喜欢今天的社会，从未有过的充满机遇。黄渤也走出了人生的迷局，马云也摆脱了脸蛋的困境。学历、出身、样貌，都不是制约你追寻幸福的绳索，首先要你愿意，其次要你努力，坚持一年、十年，变成自己想要的样子，过上自己喜欢的生活！

加油！林妙妙！

我的更年期到了

闺蜜兴冲冲打电话，告诉我美罗大减价。搁过去我会放下一切飞奔去占这个便宜。现在忽然不行了！我一想到人头攒动的场景，一想到人声鼎沸的嘈杂，一想到大排长龙的等待，居然就头脑发涨，有金属声耳鸣。

我好像变了一个人。过去特别喜欢小孩，跟他们对话，逗他们笑，听他们说童言童语；现在不行了，小孩一在我身边转悠我就头皮发炸，要是再活泼好动些，我就胸前飙汗，嘴唇发麻。过去坐飞机，孩子哭孩子的，我睡我的，充耳不闻；现在若周围有孩子哭闹，我就觉得自己神经紧张，焦躁不安，耐心很差。

我们班有个同学叫华杉，他有个著名企业叫"华与华"。他上课期间喜欢躲在教室的角落里离群索居，不参

爱不妥协

加班级任何活动。我当时问他，他说他有社交障碍，看到陌生人就要吃药。我当时觉得这病奇怪，没想到忽然自己也有了。不喜欢跟陌生人在一起，喜欢与熟悉的人小范围交流。人多嘴杂的环境我感觉灵魂上浮，大脑僵硬，处于木讷状态。

我把这些变化告诉比我年长的朋友，问她们："不应该啊！我那么阳光的人，难道得抑郁了？要看心理医生吗？"

女友肯定地告诉我："你更年期到了！你不要自己扛，要告诉大家，让每个人理解你，陪你度过这段难过的时光。"

我心里一下就紧张起来。

过去五年里，我眼见闺蜜各种不可理喻的折腾，有半夜群里托孤要自杀的，有忽然在高速公路上不能开车，弃车而逃的，有神经质一般不停搓皮肤的，有忽然就撒手不管，让老公、孩子放任自流的，还有特别亢奋在群里叨叨叨叨，吓退组织成员的……我简直不敢想象我能和她们沦为一类！

Chapter 3
出世和入世

　　但是很不幸，这一天终于到来了。我算是比较温和的，不咋叨扰别人，只自己适应着。但我并不恐慌。

　　因为我有很多前车之鉴。

　　最近这段时间最让我高兴的事是，我更年期的神经小伙伴们都恢复正常了。以前因为 Panic（恐慌）不能开车的现在带着我满旧金山跑，以前在电话里疯狂咒骂我不爱她的现在能提醒我不要忘记带这个那个，还帮我各种咨询。我们都低估了更年期的破坏力以及人的自愈能力。有一度我都绝望了，感觉我的老朋友们这辈子大概就这样了，没想到现在又生龙活虎。五年，我两个最折腾的闺蜜都是五年。五年后又走进正常人的队伍。

　　你们都疯好了吧？下面该轮到我了……当年你们怎么折腾我的，我马上加倍还回来！你们都准备好，半夜里我哭着打电话到处找你们，又上房又揭瓦，然后跟你们说："我觉得人的社会意义就是繁衍，我现在已经完成历史使命了，可以马上走。不！再给我一个礼拜时间！我处理一下版权问题……"你们不要笑，你们当年就是这样折磨我

爱不妥协

的……

昨晚有个男性朋友听我说这些症状，笑问我："你不是学中医了？不能自己扎针治疗吗？"

我想了一下告诉他："我不！我要保留我这一生为数不多的任性权利。"

我前半生都太懂事了——哄各种人等开心，委婉地表达意见，勇敢地承担责任，耐心地陪伴孩子成长，还要忍耐老公的各种不成熟……现在终于轮到我以更年期的名义彻底放一回电，我很珍惜这个机会，不允许任何名医破坏它，包括我导师刘力红老师！这样我下次吼他的时候，他会因为我是"病人"，而不与我抬杠。

我的人生，瞬间自由了！

自　律

　　自律是我们这个年纪的第一需求。年轻的时候我们都荒唐过，本钱足。我说的荒唐，不是你们想的那样，最荒唐也就彻夜麻将，不醉不归。除了伤害自己谋杀时间，再没干过什么危害社会或者违法的事。

　　这两天跟认识多年的朋友们一起吃饭。我们是眼见着彼此从小有成就到今天都已然是各自行业的翘楚。我惊讶地发现，我们永远处于同一水准线上。

　　第一，我们有选择性地交友，不以广交天下为乐，不喜欢的人不交，没趣的人不交，不志同道合的人不交。

　　第二，大家都把时间花在事业和家人身上。在一起很少聊什么酒好，什么饭好，什么流行，而是聊企业发展、人才培养、梯队建设和社会公益……而各大领域里最杰出

172

爱不妥协

的这群男人，居然聊孩子教育、成绩、学校和哪些好的社会活动可以组织孩子们参加。这在过去不可想象，以前男人的世界太大，老婆孩子只占一个小拐角，现在比重越来越大了。

第三，酒只助兴不贪杯，已然到了一杯正好的年纪，聊一晚上就半杯酒。主人也不疯狂开瓶以示豪爽，客人也不频频举杯以示欢朋，各自随意。

第四，最有意思，一过10点，大家都主动看表收话题，10点半左右收摊回去睡养生觉。因为都是第二天一大早要跑马拉松或者早锻炼。肩上的责任越重，对身体就越当心。

我也是如此。人生第一次萌生控制体重的想法，减去一顿晚饭。说不吃就不吃了，谁劝都不会动筷。我说不吃，大家都很支持，都希望我能与他们一起变老，不要遍插茱萸少一人。

我终于和我的朋友们同步了。以前看他们跑步健身戒烟酒，笑他们怕死。现在知道，只是他们境界比我领先一步，喜欢过自律自控的生活。

　　我们已然明白，这个世界，不以我们的意志为转移。我们连自己的伴侣和孩子都改变不了，唯一能做的，就是改变自己。

　　自己变了，自律了，一切忽然间就变好。

　　不多说了，我跑步去。

爱不妥协

意外和无常

你知道，生活每天都会遇到意外和无常。

有天早晨我们全家去滨海湾吃早餐，面对一览无余的高尔夫球场和金沙酒店，看孩子们说说笑笑，食物非常入味，一切都很美好。

然后，我手机忽然失灵了，不停关机重启——这是我回新加坡后刚买了一个月的苹果手机。

我只好到运营商那里修理。刚到店里，听偶得的同学大呼："不好了！我的包丢在高尔夫球场了！"我让秀才带着孩子们立刻回头去找寻。

在手机店排队俩钟头，店员说："手机故障，电池坏了，手机内容备份了吗？马上要清零。"

我说："我设的是三个月一备份，这手机是新的，刚

Chapter 3
出世和入世

买一个月！"

　　店员说："备份是机主的责任，我们这里只换不修。"

　　我说："我现在备份！但手机不停重启，没办法操作。——OK，删除吧！换新手机。"

　　已经找回包的小姑娘看我处理完问题，问我："阿姨，你不会很生气吗？"

　　我答："小朋友，人生有诸多不如意，其中两个叫意外和无常。你的包丢了叫意外，是自己的粗心大意造成的困扰。幸好包里没有手机和护照，最多是钱财损失，要是有重要证件和手机，你就不知道有多麻烦，可能今天一天都在补办护照，明天是否能回国上学都不知道。避免意外的方法就是一心一意，不要三心二意。不要被美景迷惑，不要被游戏干扰，提前做周密的准备，保持油箱满油，保持车卡足额，每次上大号前先看纸架上有没有纸，每次离开前都检查一下桌面、椅子有没有遗忘的东西。养成好的习惯，好处是不会浪费时间，不会造成恐慌，不会产生懊恼情绪，不影响行程。

爱不妥协

　　"而我的手机，归于人生无常。我没有做错什么，但产品就是有坏损概率，恰巧砸到我，和我走在马路上被花盆砸到一样。情绪不解决任何问题，发泄、哭闹、生气、责备都不能改变已经发生的事，唯一的方法就是认了，赶快解决，不留后遗症。我的手机里有我这一个月的照片和写作的资料，但人生其实值得记录和值得反复回味的瞬间少之又少。丢了就丢了吧！随缘。"

　　减少意外，接受无常，不要因此而影响到我们下午看电影这个高兴的事。——而另一个无常是：李安的《双子杀手》不好看，故事不圆满，这个太悲伤。

　　迄今为止，最好看的李安作品，还是《少年派的奇幻漂流》。

Chapter 3
出世和入世

健康改变命运

两年前，有个女病人走到我面前，说实话，我对她第一印象不好。首先是面目看起来不快乐，其次是沟通费劲。我是纯粹按刘力红老师的要求，有医无类，不能选择病人，"好治的你就治，不好治就不治，这样不是医者的德行。"

我把女病人介绍到三和医馆，最初十几次她都没提付款的事，我们因为试运营，也未讨要。忽然有一天，她提出要结账，我们以为她从此不来了，谁知结完账她又把亲人带来。前几天，我再见到她，已经一年多没见，发现她长得好漂亮！笑起来温柔，周身散发着温和的力量，还主动提出要给医馆捐款，让更多人受惠。我惊讶极了，去问我们医馆负责人，负责人跟我说，这位客人变化巨大，身心灵都有了深层次的改变。她原本就是有善心的人，但因

爱不妥协

为身体所限，人会比较烦躁，脾气冲，随着健康的转好，本心就显现出来，对医馆有诸多支持，即使医馆服务不到位，甚至有差错，她都全盘接受和谅解，还主动推荐亲朋好友来治疗，现在是我们最大的支持团队成员之一。

她不是第一个发生巨变的病人。我一个闺蜜的父亲，天天愤愤不平，愤世嫉俗，很难讨好。经过内科和手法治疗，首先是长年的脊背痛、睡眠浅得到改善（现在完全治愈）；后来是参与我们线上线下课程，主动学习，学习的热情狂热到回家要求给闺女扎针（吓死闺蜜了），自己在邻居间宣扬日常养生常识，变得小有名气，还帮三和医馆带货，周围朋友有个头疼脑热就打电话来问哪种处方药可以吃，自己花钱买回送人。闺蜜跟我说，她眼里那个刚愎自用、自我中心的父亲完全改变了，疼爱妻子，关心小孩（虽然有点"过分"关心），但这种改变是多么让人感动！

我仔细想了想，人到底是善还是恶？绝大多数人不能用好与坏去衡量，因为都是平常人。一个失去健康的人，你要求他保持生命的热忱，用木棍顶住疼痛的肝区继续鼓舞众人,这是神不是人。对于大多数人,情绪的起伏与身体的舒适度密切相关。不论是内因影响外因,还是外因影响内因,只有我们开始着手整理乱毛线,让一根线一根线的缠绕变得清晰,人才能一点一点明朗起来。

所以,我们在健康上投资的是什么?我们投资的是命运,是幸福,是自在,是旁人看得见的改变!

这一年,我花了大量时间做公益。很多人称之为公益,我觉得不是。我自私,是私益。我在付出中获得实实在在的尊重,我在帮助他人的过程中更清楚地了解到什么是生命的实相,我还结识了很多终身可依赖的伙伴。华住集团的季琦,特地在他酒店辟出三和健康区,不收房租,帮助我们管理。我感谢他的时候,他说:"这不是帮助,这是华住给全季客户修筑的安全池,他们来全季住宿,工作一天累了,需要休整了,楼下就有最好的配套服务。这是互惠互利。"

很多人告诫我,朋友之间不能做生意,做了生意连朋友都做不成。我的感受恰恰相反,因为朋友的支持,我们

爱不妥协

在疫情期间接收了许多捐款，因为大家生怕一家好的医馆倒闭，有客人和朋友的依托，"三和上海"走得非常稳健，而我们看到周围的亲朋好友实实在在获益，就感到一切付出都是值得的。

健康改变命运！

Chapter 3
出世和入世

我命由我不由天

我想给大家讲一个真实的恐怖故事，现实生活中发生的，《哪吒》的反面教材。

我去看了电影《哪吒》，惊叹电影里的哲学思想。人是可以更改自己的命运的，而改命的原因是心。境由心生。每一次关键节点的选择，决定了你的命运。

好，下面开始讲恐怖故事。

这个女孩子我初见是在电视上，清水出芙蓉的雅致，气场飘逸轻灵，在一个大型的国际活动中，代表中国传统文化的分支亮相。我当时惊她为天人，心想画中的女子真的会在现实中出现。

后来在一本书上看到她传奇的介绍——原本是山野村女，因一次文化选拔活动被找到，叹于她的不染之貌，国

爱不妥协

家着力培养，众多文化界名人栽培，她出落大方，出访世界各地。后嫁有知遇之恩的夫君——一位学有专长的有识之士，演绎一段才子佳人的故事，双双在上海落脚。

她的前半生出挑，境遇奇佳，缘于她天予的美貌，还有众人都希望这样的孩子有美好的未来。她也不负众望，很小的时候就是各种代表，长大后过上了在她这个年纪绝大多数女孩子没有的幸福生活——有事业、有爱侣、有孩子，还有社会地位。

这个故事若这样发展下去，就是最完美的结局。

我们想都想得到，少有所成，勤勉奋斗，不断进步，和她钟情的夫君一起当上神仙眷侣，过配得上他们的生活。

然而，恐怖剧的序幕，在她遇见魔鬼，并把灵魂交付出去的那一刹那，拉开了。

在资本爆发的疯狂时期，这个有见识有学养、日子过得小康的女孩子，忽然遇上一位愿意投资她的"大金猪"。不知这只猪是看上她的容貌还是看上她代表国家四处出访的资本，夸口说要给她注入投资，做大以后上市，并先给了她一笔钱。这笔钱，现在在我看来，简直是贱卖这个姑娘的前程。

她被乱花迷了眼，就接受了，换了大房子，出入有豪车，过上了与自己的努力暂时还不相称的生活——且回不去了。

我没有不劳而获过，所以体会不到提前变现到底有多快乐，可以快乐到拿躯体和灵魂进行交换。

在大佬把豪宅房产证给她以后，她成了大佬的情妇。

俗套开始——离婚、做小、拼了命怀孕好分家产，天天跟大房一家斗得不可开交……

曾经在公众面前特别美好的娇容再也看不见了；那些曾经喜欢她、帮助她、期望她成功的好人，都远离她了；曾经给她的荣誉，都不再继续。

她已经淡出公众视线很久。然后，大佬自己的公司，现在都 ST（即 special treatment，指上市公司出现亏损警告）了。

以前你只要搜她名字，网上就会出现一幅幅她最美的

爱不妥协

古装照，像画中精灵，还有充满美誉的介绍。今晚我再搜
她的名字，全是××二奶、她的孩子是跟谁生的、约她
出阁多少钱、为人如何如何……

我很难过。

我们每个人都想看童话故事，想写童话故事，希望助
力童话变成现实。

但现实，简直是恐怖电视连续剧，不断打破我们的梦。
我们所有美好的愿望，就这样被他们糟蹋成泡影。

你若抵不住诱惑，上天发给你再好的一手牌，你都能
把同花顺拆单走。

看了电影《哪吒》，感慨电影即现实。有些人，能把
魔丸变成灵丸；而有些人，能生生把巧克力变成屎。

我们赞扬所有的美好，都跟努力、奋斗、向上、善良
有关，因为每一步前进，都是踩在刀锋上的雕琢，都是逼
迫自己破茧成蝶。吃不下这个苦，一切都是昙花一现。

CHAPTER 4

拿起行囊就走

爱不妥协

No.1 上海

去过全球那么多地方，还是喜欢都市。都市里有美食，有博物馆，有艺术画廊、音乐会，有影院、图书馆，有咖啡店、体育场，还有喜欢的事业伙伴，很快能召集起创业的人马……亦静亦动，宜紧宜松。

而全球那么多大都市，上海 No.1(第一)。

上海是全球最美的城市，美在细腻的宜居。黄浦江两岸有长达十几公里的滨江步道，连吃带逛，骑单车，蹬滑板，举家休闲或者热汗运动都能满足。

家门口有条特别长的杨高路。某日忽然发现螺蛳壳里做道场，路边修出了禅意的漫步道，跨线桥上汽车疾驰，桥下情侣携手悠游散步。

东平路、桃江路那一片，BOUTIQUE(精品店)小店

Chapter 4
拿起行囊就走

有几十年历史，大到家私小到杯盏，是上海人荡马路的风景线。有一段时间传言市政要封店，大家都很难过，感觉法国梧桐下的项链断了，结果在百姓的挽留下，市政府从善如流，把它们保留下来，白浪费我们一次掬泪捧场，现在它们又活色生香舞台返场。

新冠肺炎疫情曾让上海清冷了几个月，在上海卫士们的守护下，这个城市逐步恢复往日生机。我到现在都忍不住赞叹上海的精细化管理——机场海关的检疫人员、隔离酒店的服务生、送货到户放下就走的快递小哥、一批张文宏这样的专家、街道的退休大妈……其实我最想感谢的是政府官员——这个职位真不好干，不能出纰漏，承载巨大工作量，让城市呈现出这么健康安全的模样，他们像幕后英雄一样尽心维护这座城池，却不张扬。

上海张弛有道，五月五号举办购物节，先把大人放出去疯狂，测试出安全线后，孩子们也回到学校。

昨晚，我去观看了上汽·上海文化中心的首场演出。这可能是全球疫情下关闭的所有剧场里最先打开的一座。

爱不妥协

韩国等佛系抗疫的不在此列——韩国在疫情最严重的时候也没有停止文艺演出。

现场开放 1/3 座位，观众保持一米距离线。剧场入口测体温看"随申码"，观众还可以领一个口罩。大幕拉开，钢琴和提琴试音声响起的时候，我隔着口罩泪如雨下——这是我喜欢的生活，这是我喜欢的城市，她回到了正常的轨道！

生活在上海的人民，大胆而心细。上海人怕死第一名。这个全国都不要跟上海争，上海对待生命之严谨，看现在公共场所大家都还没摘下的口罩就知道。但上海人又勇敢拥抱生活，尤其是女性！剧场大数据显示，近 70% 的观剧人群是"90 后"，而女性观众又占观众的 90%！我们戴着口罩看完整场演出并报以热烈掌声！

很多预测说，因为疫情，全球格局会发生改变，未来可能网上教学，未来可能网络会议，未来可能居家娱乐。前两天全季汉庭的老板季琦在一个直播访谈中说："不会的，人类发展史是灾难的历史，毁灭性灾难在历史上多次发生，但从来也没有阻挡过人类热爱生活向往自由的热情。人类的忘性很大，不多久，我们就会走出家门，与朋友相聚，与爱人接吻，与自然拥抱，与美景交融。"

他说的是对的。

上海还是那个上海，你我一如从前。

爱不妥协

刘师曰

人一定要跟师。

只有跟师以后你才会回到小学生的状态，每天跟老师斗智斗勇，想学习又不想做功课，不听话会被骂，听话有奖赏。

我是从零起步开始学中医，所幸遇到最好的老师刘力红。

刘老师到六十岁上开始带娃生涯。他的老师笑话他，说他当年对学生太严格，所以现在才有学生来要账，把他过去亏欠的所有师对生的关爱都一一还报。

我每天像牙牙学语的小孩，不停问，这是什么，那是什么。刘老师像所有爹妈那样，耐心地一遍一遍答：这是花，那是鸟。然后又问，为什么1+1=2，为什么

Chapter 4
拿起行囊就走

3+7=10，他会一遍一遍掰手指数给我看。最近我开始安静，可以自己捧一天书不去吵他，享受经典的美妙。

每天抄一遍《心经》是刘老师留给我的功课。抄着抄着渐入佳境，那些不懂的佛语进入我的日常生活。有时候仿佛进入经卷，看见自己跪趴在刘师腿前，听他喊我："舍利子，远离颠倒梦想，究竟涅槃。"

我会仰脸问："什么是涅槃？"佛笑而不答。

我经常威胁老师："你要对我好一点点。因为这个世界上最有名、流传最广的书籍，都是弟子记录师父曾经说过的话。想想孔子和他弟子，想想岐伯与黄帝，想想苏格拉底与柏拉图……你在未来的形象，全靠我塑造了！"刘师哈哈大笑。

记录一些与师对话的片段，让岁月静好。

1. 去机场出票，发现主办方给我订了经济舱。昨夜没睡好加上正逢经期，抑郁爆发。原本不是事的事无限放大，打电话给导师，满口都是怨。导师笑问以前坐经济舱没抱怨现在为何有？我答人胖了经济舱塞不下去了。导师说，

爱不妥协

经济舱还是那个经济舱，变的是你呀！你不想着减肥以适应经济舱，却怪人家没订商务舱，这是典型的把责任转嫁他人。学中医，学的不就是修内吗？我哈哈大笑。一念放下，万般自在。

2. 我下午沐浴更衣去接我的手法师父高老师。刘老师说：师父之间怎么差别那么大？你天天跟我在一起，经常三五天不洗澡，高老师来你就沐浴更衣？我：呃……《易经》说，同气相求……

3. 我跟师父说：伤寒老师告诉我，我的哮喘是中土不好造成。把脾胃弄好了自然哮喘断根。师父问：怎么弄好？我答：老师说喝六君子汤。师父哼一声说：对一个夜里十点半出去吃半斤大盘鸡面、撑得整夜不能眠的贪嘴鸭子来说，别说六君子汤，十六君子汤都搞不好脾胃……

4. 早上我跟师父说：我吃完难吃的健颐粉了，可以吃肉包子了吗？师父说：不行，空空你的肠胃。我不高兴了，说全家上下你只管我一个人，只有我一个听话！师母和师妹都不理你！师父说：谁听谁受益！为了不让你偷嘴，我晚上把剩菜都搬到楼上我卧室床头柜上，就着菜味睡觉，我容易吗我？你赶紧毕业！这三年我们彼此都很煎熬……

5.学习的魅力：以前手机一天要充两次电，现在两天充一次电。大部分时间不接电话不看手机，手里永远捧着经典，越看越觉得好看。明天开始第一次给自己开方。感觉自己离古人很近，离现代人很远。看繁体字和古文比简体字和白话文要顺畅了。以前觉得背书很难，背前忘后，现在觉得不难了。希望有一天可以把老师问倒。

6.中午去请师父师母上课，敲房门久不开，里面有窸窸窣窣的声响。半天师父才开门。我立刻很警觉地问：你们大白天的在干什么？感觉鬼鬼祟祟的。师父笑答：我们穿衣服，穿衣服。我嗅了一下大喊：不对！你们又背着我偷吃橙子了！满屋子橙子味道！师母在厕所里没憋住笑出声来，端着盘子走出来说：你师父刚才一看表说六六要来了，赶紧把橙子藏起来！然后把吃一半的橙子塞进厕所。师父摇头叹气说：有徒如此，师门不幸，吃个橙子也要左躲右闪……我在吃中药，要忌生冷。现在大家吃点儿啥都

爱不妥协

背着我。

7.每晚的娱乐就是跟老师比背书,总是输给他,气死!所以说读书要趁早,老子功和童子功是有差距的。吕世浩老师出口成卷,而非成章,皆缘于四岁入私塾。我是四十岁才进私塾的……

8.我在手机上看《黄帝内经》。刘老师走过来说:你这样看哪能有感受?还是要拿书。我说拿书不方便,手机上随时需要《伤寒》就调《伤寒》,需要《内经》就看《内经》。随身背我不是要累死?他说:学习还怕累?读圣贤书读圣贤书,不捧书怎么与圣贤有神交?我回他:那以前圣贤还把文字刻在竹简上,我要跟他们神交是不是每天出门马车拉一车竹简跟着呢?刘老师瞪我一眼说:我经常搞不清楚我们俩谁是老师?!

9.老师功力刚猛!今天下午太阳经运行的时候,老师说,给你扎一针,排排小腹的寒……然后,从起针起,屁放到现在,羞于见人。我跟老师说:你稍微给我留点面子,好歹也是名人,得亏晚上没啥应酬,不然走哪儿自带低音炮，人家会说，这是个不同凡响的女人，这是个很有味道的女人。

10.饭桌上我正大快朵颐，刘师幽幽冒出一句又一句：慢慢吃，没人跟你抢。吃饭端碗！不端碗下辈子没饭吃！头一筷要吃蔬菜，这是吃饭的礼仪。哪有到人家家里做客上来先吃肉的……我根本不理会他，埋头说：说明我把自己当成家人！——我要有多么大的毅力和多么厚的脸皮，才能在师父家吃饱！

我有一天喝鸡汤啃猪蹄，吃到美处，跟师父说：早知道跟师日子这么好过，我二十岁就跟师了！刘师大笑说：你二十岁的时候，我还很穷，自家都吃不饱饭，你这么能吃，会把我吃破产！

爱不妥协

当你挤进人流涌动的地铁站，当你在电梯口揿电梯，当你吃着爆米花等待电影开演，当你打开微信，你会看到滴露的电影《爱不妥协》。而我，是这部时长六分钟电影的编剧。

当初品牌方找我写剧本的时候，我数度推辞。一个好的广告，在短时间内能够传递出产品的价值观，影响到消费者，又是一个完整的故事，这是非常难完成的任务，我怕自己辜负了一个我喜欢的品牌。直到有一天我偶然听到真实的林大夫的故事，我心豁然开朗。

林大夫是行业领军人物，一言九鼎，直到今天年过八十，依然奋战在工作第一线带着博士生。而这个年纪上，很多老人已经不良于行，思维退步了。她的女儿用无限敬意与爱描述自己的母亲："她从来不像别的母亲那样无微不至，她恰恰神经大条，我小时候因为她去做手术，疏于照顾，差一点坠楼！我骑自行车摔下来，膝盖血流如注，哭着跑回家找她，她抬头看一眼答，膝盖上没有动脉血管，死不了，最多缝八针。等我炒完菜给你缝啊！"

初见的款款，笑吟吟地说着她这一生所遭受的来自母亲的伤害。我说："别的孩子，若遭遇这样的母亲，大多会怨恨交加，你真是心量大！"她却笑答："她虽然不是贴身照顾，但她的爱无处不在。她七十二岁那年，为鼓励我重返工作岗位，陪我读了一个心理学硕士。我全脱产学习，她还出诊开刀带教，百忙之中抽时间与我做同学，毕业的时候，她成绩比我好。"款款说完这句话，满脸都是仰慕。

我很难看到一个孩子，在自己年近五十的时候，心理上把母亲作为依靠。

成为依靠，林大夫做到了。

当我写完这个故事，我的文学编辑小颜嘟着嘴说：

爱不妥协

　　"六六老师，林大夫的形象会不会太自我？她这一生，从不会为爱放弃或牺牲，没有追随丈夫的脚步，没有陪伴过孩子。她不符合我们传统印象里贤妻良母的定位，您觉得消费者、品牌方接受这样的形象吗？"

　　我回答她："隐忍不再是未来女性的角色定位，引领才是。我们是母亲、妻子，是职业女性，是合作伙伴，但我们首先是大写的自己。一个丰富而独立的我，才有能力和能量给予所爱永恒的幸福。我们一说到母爱，便是换尿布、做菜这样的温暖，却忽略了当代的母亲，是松木一样的坚强挺立，不妥协——这就是滴露的精神。"

谁更需要节能减排？

在美国旅行，最大的感叹是：比起中国，我认为美国更需要节能减排。虽然中国人口更多，但从人均耗能来看，中国人不知道比美国人省多少。

在美国高速路上，你会发现大多数车辆都高大笨重耗油。轿车的普及率不高，大多数人选择皮卡或大型SUV。没有最长，只有更长！

美国人没有节省的概念。你进超市就会发现，手纸40卷起售，冰激凌5加仑(1加仑约为3.785升)起售，牛奶像不要钱白送的，买肉恨不得直接把牛扛走；家电也是夸张地大，冰箱像衣柜，洗衣机像洗衣店用的，动辄容积10升。

与之配套的人，于是也是加大加长型。美国中部有大

爱不妥协

量超规格超尺寸的人，走起来感觉地面颤抖，身上的肉快拖到地上，还有很多人已经胖得不良于行了。我在中国已经算超级大胖子了，在美国中部地区，绝对算体态优良。

我观察了一下这些超级肥胖者形成的原因，一是食品包装问题——在美国，1 升的牛奶非常难找，超市里都是 3 升以上的大桶；二是价格问题——1 升果汁也许要 1.99 美元，但 3 升的只要 2.98 美元，这种价格差，是你，你拿大还是小？三是居住距离和面积问题——在美国，大型超市是在居住区的边缘，不像中国居住区附近有菜场，走几步就到，他们一开车去购物就十几甚至几十公里，便喜欢多买些囤着，而且百姓家通常面积很大，储藏室多，啥都放得下。

而另一些东西的大更是难言之隐。表妹家的垃圾桶快赶上我高了，我说你收藏别的就算了，垃圾需要收藏吗？买那么大袋子作甚？答曰：我们小区一周来收一次垃圾，这个袋子不是天天扔。怪不得她一般不开火做饭，那些菜叶子饭渣子搁袋子里一周，夏天都能沤肥了吧？

Chapter 4
拿起行囊就走

美国人没有节约用电、用水、用纸的习惯。空调常年定温开着，水哗哗流，餐巾纸又厚又大，感觉能擦五个嘴巴。像我这种出门随手关灯关空调的人，总觉得惴惴不安。

以前教科书上说，中国幅员辽阔，地大物博。美国人爱说："God bless America（上帝保佑美国）！"这是真的。来了美国就相信上帝偏爱美国人。"勤劳勇敢"不适合形容美国人。美国大片平原生长着绿油油的庄稼，不见一个人耕作，你可以说他们现代化水平高，但你把美国人放到中国丘陵地区试试？有多现代的农业技术人都得下田。而且美国农作物，无论什么气候，就一季，收完等来年。

欧洲人，尤其英法等国人，大家身材都保持得很好，那里的酸奶能小罐拆零，牛奶350毫升一盒，猪肉论片切，水果论个儿卖，大家饮食有节，食品价格也昂贵，放开吃荷包受不了。

所以，有节制地生活，节能减排，是美国社会最需要的。

爱不妥协

这一天，我高血压了

昨天早上开剧本会的时候，我一直半梦半醒，耳边间或会听见自己打呼噜的声音。大家竟然忽略我，认为我太累了。

到中午我都醒不过来，我开始觉得不对，拿血压计一量，已经 170/110 了，吓得半死，速嘱咐老公去医生那里拿药回来。

吃完络活喜（降压药），血压并没降多少。

第一次理解《伤寒论》里"冒眩"的意思——真的像脑壳上盖了一顶紧箍帽一样眩晕。我以前一直自傲是个"三高"一高都不高的健康胖子。今天去医院检查完以后，终于走上终身服药的道路。

很多高血压患者问我用什么方法可以不服药降压。我直接说：你继续服。我知道服药不利于勃起，容易得老年

Chapter 4
拿起行囊就走

痴呆，但那也能保证你健康活个三十年。不服药，搞不好明天就挂了。

我一姐们儿跟我说：以前一直盼着绝经，绝经后就没有胸胀痛经，不用出门带卫生巾，也不必担心一不小心会有小生命，自此浪荡起来。后来发现，自打绝经了，那个曾经放卫生巾的圣地立刻挤进血压表，不敢想象这个年纪还有不小心的机会，一旦看上谁，想想就兴奋，必须马上服降压药！

我刚服药两天，心中有很多困惑，第一个困惑是，是不是有高血压的人，从此以后不能有夫妻生活了，这万一一激动，血管爆了怎么办？

朋友圈里一大哥幽幽地答："完全不影响。都这个年纪了，夫妻生活怎么会激动？你每天吃饭激动吗？"

我跟秀才感叹："从此，咱俩就是亲情了，再看你对我的爱，已经没有性别色彩，全部都是满满的母爱。你往后再给我戴帽拉拉链，我都不能情之所至以身相许了，只能大恩大德来世再报。"

医生建议我："以后不要怕麻烦，出门带上呼吸机，

爱不妥协

每晚睡觉都要戴着呼吸机,有充足的供氧,血压就会稳定。"

我就纳闷,我们这个年纪的,哪还有能力谈爱情,出门除了背负多余的肉,还要背负很多仪器设备,感情这种沉甸甸的东西,都找不到空舱摆放。

你说,贝索斯怎么跟那个老狐仙谈恋爱的?早起尚未问安前,先量一下各自的血压,再服下各自的降压药、维生素,搞不好还要对着肚子打两针胰岛素,然后相互拥抱道早安,一起出去开飞机冒险,风大点儿把假牙忽闪掉了,睡前缠绵一番然后彼此戴上呼吸机面罩进入温柔的梦乡,满屋子老人气……

人哪,什么年纪做什么事。

这就是我劝小年轻在年轻的时候尽情去爱的原因。汗水、呼吸、体液都是香的,那些激情,配得上你们的年纪和外形。

到了我们这个年纪,坐一起的妇女,话题成功从少女时代讨论不同的男人,转向养生医院拉皮和看孩子们高兴。

无可奈何花落去。

Chapter 4
拿起行囊就走

读无用之书

我向大家推荐一本无用但极美的书：《寻人不遇》——这是一本外国人游历中国各地朝圣诗人的书。我"结识"这本书缘于朋友何凡的推荐。他把樊登读书会中这本书的音频发给我，只能试听15分钟，我申请了临时会员，在放假的两天里听了又听，拾起笔，边听边临帖抄诗，并因这本书而买了樊登的会员卡。

我们今天总处于焦虑中，生怕被时代抛下，每天上不同的课，报不同的班，考不同的证，以至于我们忘记了学习是为了愉悦；读书不是为了缓解焦虑而是高层次愉悦。

我记得我初读医学研究生第一年，与刘师一起去云南山里寻附子，我们的脊梁骨都快被车颠紊乱了，在路的尽头，下车爬山，涉水，再去农田。看完附子地，已近黄昏，

爱不妥协

金色的斜阳照在山麓的野草上，我们在山间喝附子乌鸡汤，当地的农民与我们把酒邀歌。我们头上不时飞过拖着长尾的野雉，间或鸟鸣，一轮银月在歌声中爬上山头。我说："人闲桂花落，夜静春山空。月出惊山鸟，时鸣春涧中。"刘师不好意思笑地说："我只看正经的书，对诗没什么研究。"我大笑，我在刘师眼里，本就不是啥正经人。我是他这一生中收的唯一一个不循规蹈矩，却不停歇追求中道的学生。

我们每天都活得太努力了，太正经了，太规划了，以至于忘记了心中的闲适与美。写这本书的老外比尔·波特，其实没什么钱，在国外出版一本用英文翻译中国古诗的书，不挣多少，来中国探望他魂牵梦萦的古人朋友们，行走的钱还是靠申请发的国家基金。他腰挎一壶残酒，手捧一片冰心，带着我们在文字间游走那些古人曾经到过的地方，和那些耳熟能详的诗句成就之处，其心之诚，其情之虔，在眼前的方寸之地，就给了我们诗和远方。

这大概才是读书的意义吧！

在我们无法覆盖的角落

今天在医馆，看见一位母亲推着轮椅，上面坐着一个清秀漂亮的女孩。

我问这位母亲："这是咋了呀？"结果引出一个悲伤的故事。孩子大学毕业拍毕业照那天，晚上男同学开车送俩女同学回家，未饮酒，却撞上隔离带翻车，后排的女儿未系安全带，整个颈椎拧断，从颈椎第三节开始碎成一段一段，孩子昏迷两天，从此瘫痪，已经三年半。

我看那个女孩，连手都举不起来，吃饭要人喂，大小便不能控制，一百斤上下的体重行动全靠妈妈抱。妈妈抱不动，很多时候就拖，那脊柱本来就不稳当，所以总是歪斜。

我问孩子母亲："高老师的手法有效吗？"

妈妈答："有效。之前看过很多专家，都没有好转，

爱不妥协

孩子连说话都费劲，感觉一口气上不来。经过五个月治疗，孩子大腿和胳膊有感知了，知道冷热，说话声音也大了，能唱歌，关键是人开朗了。"不过妈妈又面目愁苦地说，"高老师实在太贵了，我们天天这样治疗吃不消，能不能给打个折？"

我去问高老师，高老师说她要重新站起来很难，但手法不做，状况会恶化下去，长久不动，器官容易衰竭。我按了按孩子的肌肉，忍不住赞叹！三年了，孩子的娘和高老师得有多大毅力，让这孩子肌肉的状况和正常人一样！且脉象也好得不得了，摸上去就是一个正常孩子。说实话，这孩子要是保持这样的治疗水平，活到老都没问题。

可是，拦在她父母面前的是巨额治疗费用。而她父母都是国家公务员，没什么高收入，估计这几年的开销已经让他们倾家荡产。

我问赔偿情况，孩子妈妈说：法院判赔 100 多万，那个男同学家长不管，让男同学自己去偿还。男孩一个月收入 7000 元，答应拿出 5000 元赔偿，但三年了，他们没拿到过一分钱。法院判完了，在执行层面有问题，没人监督执行。而她再去告，女儿不同意。女儿说自己这一生已经毁了，若男同学为此坐牢，他一生也毁了。男孩不是故意的。

我陷入了长久的沉思，确切地说很难过。

这孩子若是急救，我们可以免单。现在看来不是一年两年能解决的问题，我们医馆如何对待一个执着地想治好孩子的病的母亲？她付不起钱，我们治还是不治？我以前不理解"救急不救穷"，现在案例就在我面前。

而且，这个治疗费我们拿得很难受。

每次看到病人康复离去，我们钱拿得有底气，也很高兴。可这种病例，治疗最好的结果就是不变坏……病人考虑过医生的感受吗？我们很痛苦的好吧？我们没做错什么，却要受到病人每天来医馆相见的折磨。我今天听完这个故事，已经压抑一天了。

我非常想免费或者打折给这个孩子治病，但这个口子要是开了，会不会来的病人一个比一个惨？给这个免

爱不妥协

费，下一个要求免我们怎么办？医馆运营成本在这里，一年租金和物业费就是 130 万，人工工资 300 万，其他七七八八开支 100 万，每天开门就是钱，我就想知道，其他医院碰到这样的案例，母亲祈求的眼光，孩子还活生生对你笑，你们是怎么把他们推出去的？我做不到啊！

那位母亲，看起来清秀干净，坚强隐忍，抑或是被痛苦折磨到麻木。以她的高傲，是万不肯开口求人免费的，可为了孩子，她想要最好的治疗，想孩子活着，哪怕终身站不起来，那也可以天天见到，这个愿望，多么渺小！

我私下问她："你闺女被你照顾得这么好，看起来可以活很久，你老了她怎么办？你还能这样抱她几年？"

她笑中带着泪说："我都不敢想明天，每天熬过去就是胜利。"

我们每个人，都不能负荷他人的拖累。医馆这样的病人多了，医生和其他工作人员都很压抑。我看完这位母亲，回家胃疼了一天，作为母亲我能感同身受她的痛苦。

那个闯祸的男孩，也选择逃避。

Chapter 4
拿起行囊就走

每一个事件相关者，都想逃避。

只有母亲，无处可逃。

她该怎么办？

我不能想，想想就会落泪。

我都为她算过，我每年若捐 50 万给她治病，对她还是杯水车薪，她需要一年 200 万以上。但让我理性选择，我更愿意把钱捐给那些有希望的小孩——因为贫困而不能上好大学，也许得到救助就好起来能够回馈社会。而且，我只是医馆义工，我不拥有这家医馆，这样的病人要是遇见多了，我天天善心涌动，会不会破产？

人类社会如果是文明的，它的体现就是有同理心。我们健康着，却想着那些残疾的人；我们知道未雨，却绸缪自己的未来。毕竟，没有一个人敢打包票：我无灾无难到公卿。

今天的故事听完，改变了我两个观念：第一，坐后排座我也老老实实系安全带；第二，我要给全家买保险。

因为我们谁都不知明天和意外，哪个先来。

爱不妥协

拿起行囊就走

我在同有三和大讲堂开启了第一次公益讲座。

到提问环节，一位女生提问："六六老师，你是怎么做到从老师跳到写作行业，又从写作行业跳到中医行业的？因为一个人一辈子做好一个行业已经不易，你怎么可以在中年轻易放下转行的？"

我说："你观察一下孩子，他这一刻还在堆沙堡，无论花了多少心思，费了多少力气，下一刻就可以去追蝴蝶，没有任何不舍。这就是《黄帝内经》里《上古天真论》中所说的'天真'"。

所谓天真，不是不懂事儿，而是太懂事。

我们把这一段箴言复习一下：老子的《道德经·第五十一章》："道生之，德畜之，物形之，势成之。是以

213

Chapter 4
拿起行囊就走

万物莫不尊道而贵德。道之尊，德之贵，夫莫之命而常自然。故道生之，德畜之；成之熟之；亭之毒之；养之覆之。生而不有，为而不恃，长而不宰。是谓玄德。"

什么是道？道是自然的样子。什么是德？是后天努力的结果。什么是道德？道德是顺应自然又不懈努力以达到最好的状态。理解道德并去实践，就是玄德。

我刚刚工作的时候是幼儿教师，这个职业给我的滋养很大，我天天观察儿童，模仿儿童，学习儿童又引领儿童。后来，我发现，儿童不需要引领，儿童的样子若保持到成人就是最好的样子。恰恰是社会生活，让人慢慢变得遍体鳞伤、盔甲坚硬。

想明白这个道理，我就按照儿童的方式去生活。

不需要太多物质。塑料袋和机器人对孩子来说是一样的玩具。

不需要太多计较。磕碰了就道歉，然后拥抱。

不需要太多思考。想做什么就去做，思前想后就是前怕狼后怕虎。

爱不妥协

不需要害怕失去。因为前方都是得到。

打开心扉，打开情感，开放学习的通道，一切都很美好。

你问我为何从幼儿教师到作家再到中医学子，难道不怕失去现有的地位？

这就是我的回答：生而不有，为而不恃，长而不宰。

人生没有什么是属于你的，来的时候赤条条来，走的时候赤条条走，你只是来过、爱过、活过。其他的拥有都是曾经。最终都要放下。

既然都是放下，为何不趁早？在生命的长度里，最大限度去体验深有多深，广有多广，这种体验才是属于自己的。

我曾经见过一位可爱的奶奶，她有两句经典："没有爱情的婚姻，就像没有月亮的夜晚。""犹豫着犹豫着就老了。"其实这两句话，就概括了她的人生。

我还记得那位漂亮阿姨拉着我的手，眼里放光地看着我。她说："我好羡慕你呀！你多好啊！想做的事都做了，一生很值得。"

　　我的一生，确切地说前半生，其实过得很苦。昨天夜里狂呼乱叫在屋子里奔跑，庆贺硕士论文交稿，那种狂野欣喜与二十岁年轻人是一样的。可我今年四十五了。你若有勇气像我这样从四十一岁开始进入一门全新领域，每天要背书写作业，跟儿子抢书桌，满脸黑线准备考试，跟着导师下乡义诊，听老师板着脸训你，你其实就没有老过。你的生活状态，你的心态，和年轻人是一样一样的。痛并快乐着。没有舒适区最舒适。

　　老板看我写的爱情戏，大笑着问："你是怎么捕捉你儿子的爱情的？"我瞪他一眼，大吼："是我！是我！是我！中年人难道就不向往爱情了吗？"

　　人不能与自然抗争。春生夏长秋收冬藏，这是人生必经的路，这是道。人要尊道。

　　若你已经患得患失畏首畏尾，理想都停留在梦中，你就真的进入秋收冬藏阶段。你舍不得房子，舍不得年薪，舍不得紧握手中的沙子，你就不知道沙漠的无际、海水的

爱不妥协

壮阔，你也不会再有少年的天真和说走就走的勇气。

说到底，德没有了。

谨以此文，献给所有的女人。祝大家依旧有孩童的天真和少女的梦想，还有成年人的努力。

Chapter 4
拿起行囊就走

尊　重

　　我在朋友圈转了一篇文章，讲英国伦敦艺术大学的校长 Perry(佩里) 是一个异装癖。他即使去参加查尔斯王子给他颁奖的典礼，也是着女装。可是 Perry 是幸运的，他的独特，不影响他成为院士，不影响他结婚生子，不影响他的作品扬名于世，更不影响他在艺术界华丽丽的地位。

　　我的评价是：Only British.（只有英国会这样。）

　　英国是个真文明且高度文明的社会。若你去了英国，会发现英国人很傲气，不像美国人那样热情，不像法国人那样浪漫，不像意大利人那样随意，不像中国人那样拘谨。

　　英国人的傲气让彼此之间的交往保持距离，却让对方感觉特别受到尊重。你只要不伤害我或者公众的权益，我接受你全部的真实。

爱不妥协

　　我谈论这个，是因为沈巍的火爆。流浪汉沈巍火了，他在街边布道的视频公诸网络之后，沈巍已经失去了流浪的自由。所到之处被夹道围观、手机摄像，那些猎奇的人都不知道，即使是流浪汉明星也有被尊重的权利。

　　我特别理解沈巍的"我想去流浪"的心，关键是他做到了。他能布道，是因为他知行合一。很多人只是想想而已。他在没被认知以前，过得很好，那为何不让他有继续过得自在的权利？

　　我这两天得了甲沟炎，非常痛苦，医院的治疗方法就是拔指甲，我下不了这个决心。结果三甲医院的护士长推荐我去一个修脚店，说他们很容易能解决我的问题。

　　我进了一个藏在老居民区的门脸很小的扦脚店，里面竟然人满为患，修个脚还要排队。我修脚的时候，店长亲自出马，我疼得不能碰的脚丫，竟然无痛就被他处理了，而且他告诉我有两个灰指甲需要治疗，一个半小时后，我花了1900块满意地走人。

　　我是真的满意。价格也许很贵，但跟我的痛苦比不值一提。我真的没想到，大医院要搞得你生不如死又抹抗生素又吃抗生素的事，在这个店里轻轻松松就解决了。这些人，从相貌上看，就和他们所从事的职业匹配。不知大家注意过没有，这个世界，好像脸蛋与身份天然挂钩。赵丽颖这样的女孩子，即使是村里出来，依然可以成为一线影星，更不提她还有演技傍身。

那些看起来不是很高级的脸，做着这个城市大多数人不肯做的生计，挣的并不少，却很难赢得社会的尊重。

你若说自己是作家，是医生，是老师，社会是很尊重的。可你若说你的职业是修脚的，是按摩的，是修锁的，大家就自然看轻你一等。

但用你的时候却要踏破铁鞋无觅处。

有数据统计，一个社会精英在城市生活，周边最少配套四个服务行业的人员。职位越高，所需配套人员就越多。

也就是说，上海这个城市，如果有五百万精英，就有两千万人口为精英服务。

我打心里特别尊重这些服务于我的人群，如果我符合

爱不妥协

精英的定义的话。快递也好,保姆也好,保安也好,司机也好,我每次接受他们的服务,都心怀感恩。我的成就里有他们尽心尽力的关怀,而我的名誉里却没有显现他们的姓名。

我没有机会站在领奖台上发言。如果我有,我首先要感谢这些为上海服务的朋友,是你们让街道干净,是你们让食物美味,是你们让秩序井然,是你们让我安心。

但这个城市和城市的管理者,对你们不够友善。你们的子女不能接受城市的教育,你们几乎没有可能在这个服务了大半生的城市安享晚年,你们的需求无法传递出去,而最终,你们只有接受不公平的待遇。

文明,是尊重每一个自然人。无论你是异装癖,无论你是流浪汉,无论你是低学历,无论你以什么样的方式生活,只要你为生活竭尽全力。

我对上海这个城市充满感情,这是我内心的应许之地。我希望这个城市的人,再克制些,再文明些,再尊重一些彼此的生活方式,让每一个依托于这个城市的人,都活得满脸笑容。

视天下为己任

这个世界，有钱是不够的。你到疫情发生的时候，就会明白爱马仕围巾不能当 N95 口罩使，你跟人家换都没人要。

那些平时你觉得昂贵的，都没什么用。比方说珠宝、字画。有个医生跟我说，房产还是有用的。至少要有两套房，关键时刻可以用于隔离，保护家人。

在紧急时刻，最有用的是关系。有关系就有一切。

什么关系？你以为铁哥们儿、领导的位子是关系？错！关键时刻，人人保命的时候，领导也不行。你觉得你是上级领导，你的下属是医生，他有一张病床，是给你领导还是给他母亲？

昨天中午，我吃了一顿肯德基外卖。

爱不妥协

　　我以前特别不爱吃这个。但因为疫情期间吃得比较马虎，能坐在太阳下吃个炸鸡翅，美死了。

　　给我送肯德基的老弟拍胸脯保证："姐，你要吃海底捞我也能给你弄来！"

　　他怎么这么牛？

　　我要跟你讲一个过硬的关系故事。

　　年三十晚上，他在宜昌陪家人吃完年夜饭，连夜驱车回武汉。封城了，幸好他的职业，让他熟悉武汉周边的羊肠小道，他就溜回来了。

　　他是回来做义工的。他想着，这城市总需要快递送货吧！那么多快递员被封城外，谁干活？他路熟，可以顶上。

　　他加入了一个义工群，这个群叫"革命 N 块砖，哪里需要哪里搬"。

　　群主姐姐是在杂牌军的合作中被一致推举出来的。她是广告公司统筹，平时就策划大型活动，所以人员调派是她长项。

　　他们十几个公益群聚集在一起，每次需要送货，若自己群吃不掉，就呼唤其他群帮忙。但刚开始，要么人一来太多，要么人不够。所以几个群主就搞了个小程序，即刻报名，就近上岗。（都是人才啊！）

刚才的小哥，来武汉的时候除了自己的车和手机里的银行卡，啥都没有。他给医院送消毒水等物资的时候，医院的人害怕又心疼，万一他感染了就全队一锅端，于是分给他防护物资；他去给医护搞吃的时，把不多的防护服分给卖菜的，卖菜的就给他蔬菜和肉；给老百姓送口粮的时候，老百姓给他家里各种存货和药……

他骄傲地说："我有一张全市网络，你要啥我都能一个小时内给你搞到！"

志愿者队里人人都有这神通。

有心做志愿者的人很多，报名者众，很多人张口就问："有通行证吗？提供车吗？万一我被抓了你们来赎吗？汽油钱报销吗？"老大回他们："民间组织，全部自己承担。油钱、车损自己付，出事组织不管，你来还是不来？"大部分人都不来。有人来两天就走。

爱不妥协

　　所有留下来、一干五十多天的，都是早就横下一条心——我就是要干这件事！很多人没有通行证，就车头上一张会标，天天满大街跑，刚开始被查，后来交警知道他们是干这个的，远远看到他们还会敬礼。非常时期，到处是人情。

　　这个群体很有趣，有小业主，有俩娃妈，有富二代，有农民工。很多妈妈是跟家人住一起，婆婆妈妈知道闺女要做好事，积极支持，还说："放心去！娃我们看！你做好事，头上有祥云，不会得病。"

　　那个富二代的卡宴，都被货压变形了，满身划伤。我说："你这代价太高了！"他不好意思地一笑说："有理由换车了。"

　　这群人在做善事的时候，后面有一群人等着看他们笑话，谣言四起，不知干点儿好事到底得罪谁了。有人散播："这个队里有三个人已经感染，还到处跑……"直到他们集体亮出检测健康证明。还有人说："作秀，每次出去都拍照直播。"做公益的都知道，送达货物一定要签字拍照留档，不然拿什么跟捐赠人交代？

这群人毫不在乎人家说什么，随叫随到一呼百应。疫情已近尾声，他们说，马上就地解散各干各的——直到下次社会再次需要他们。——当然，希望永远不会。

我为人人，人人才会为我。舍得舍得，顺序不能错，先有牺牲奉献精神，才会被他人照顾。自己的知识和力量是有限的，在为他人服务中，会得到更多的信息和帮助。

人要有服务他人的意识和积极阳光的心态，不抱怨，不讲条件，从等待大救星到成为大救星。在危险中，钱没有用，但勇敢和爱有用。在看透社会和人性的不确定性之后，心中还能保持光明和希望的，才是最了不起的人。

对了，忘记介绍了，这个小哥三十岁，单身，是装修工程公司的老板。十四岁到武汉这个城市打工，胆大心细心眼儿实诚。我要是有闺女，一定嫁他，太有安全感了！他任何时候都会对你不离不弃。他叫李新群，我给他招个亲。另外，他人那么厚道，工程队不会差，装修也可以找他。

爱不妥协

戏剧冲突

　　如何在家长里短中体现民族性,这是我要学习的地方:

　　我马上要开篇写中医戏了。素材经过过去四年半的积累,作品几乎喷涌而出。但我现在纠结的一个最大的问题是:我的戏的反面典型是谁,他们在哪里。

　　大家都知道阴阳必须合体,有好人有坏人才构成故事,可我过去四年多里学习中医最宝贵的经验就是不再二元对立,阴和阳,究竟哪个是好的哪个是坏的?疾病对人来说是坏事吗?

　　我一个闺蜜患了乳腺癌,这个美丽的女人失去了一个乳房,但我惊讶地发现她收获了美满的家庭。她在病痛中发现过去那些不如意、不圆满,与丈夫对自己的关爱、孩子对自己的依恋相比,不算什么;而且孩子在她病后疯狂

Chapter 4
拿起行囊就走

自我成长，只是为了不让母亲担心。她以前一直以为这个家若有一天离开她的管理会坍塌，经过一年难熬的痛苦，她在自我修复中，发现天也没塌，老公也能担负责任，孩子还学得挺好。她那时候对即将离开身体的乳房心痛不已，今天回头再看竟然云淡风轻。疾病对人，真的是坏事吗？

我有无数个生病以后自救和他救的病例，有成功有失败。成功是经验，失败是体验。我们逃不脱生老病死，但我们可以在这或长或短的时间里尽情感受努力成长。

一部家长里短的戏，如何体现民族性和中华文明的传承？这两天我看了很多年前的英国电视连续剧《唐顿庄园》。我开始以为是中国版的《红楼梦》，讲王熙凤的两面三刀、林黛玉的玻璃心、贾宝玉的纨绔子弟。第一季看完以后很震惊！这就是一部家长里短，体现英国文明、人类进步的优秀作品。《唐顿庄园》若用现代语言表达，就是以企业的收购与反收购为主线，反映每一个身在其中的人，无论是董事长还是前台、司机、保安，在这个过程中真实的人性表现。而故事娓娓道来的却是小细节——小镇的花展，小镇的夜市，家里来了一位客人，家里来了一位帮工，仆人的妈妈去世了，婆媳相处……就是这样的小事，每一件都体现了人性的光辉。大宅里原本你死我活的宫斗，连贾府都会弄死几个丫鬟，这里没有。戏里接受每个人都有缺点，大家彼此理解包容，想办法为对方解决问题。管家曾经是个小偷，主人帮他化解过去同伙的讹诈，女仆的理想是当秘书，小姐天天帮她投简历，失败了女仆都认命了，小姐继续鼓励。主人听说自己的书房里，雇主在面试女仆当秘书，小姐在守门不让主人进去，主人就默默离开。每一刻的温馨都让你守在电视前不愿意离去。都是小事，都是美好。英国人真的都这样体面和善良吗？肯定不是，伦敦桥里还死了几位皇后，很多帝王之间彼此倾轧。伊丽莎白女王的身世不忍细听，可她最终却成为一代推动英国变成强国的伟大女王。

　　所以，写戏，我们究竟要写人性的哪一部分？我们怎样去表现人的复杂多样性？从我出道起，我的戏最大的弱项就是没有一个坏人。《蜗居》里哪怕宋思明，也是一面多棱镜。我天天面临的拷问就是：你的戏剧冲突呢？我为戏剧冲突伤透脑筋。

今天看《唐顿庄园》，我决定把没有坏人的戏继续写下去。我心中，只有因果，没有好坏。电视剧不要剑走偏锋，为写得好看，把所有极致的坏都展现出来。80年代的电视剧《渴望》播出时万人空巷，今天投资人就不会拍，因为刘慧芳太好了，好到没有戏剧冲突。

生活本身就是冲突，孩子上什么学校，单位要不要跳槽，爹妈去哪个医院，就这些小事都冲突得你头疼不已。结果戏剧还要放大，孩子因为上学跳楼了，单位因为内斗老板被抓了，爹妈因为去哪个医院被治死了……这真是观众要的惊心动魄吗？是不是编剧的懒惰，以戏剧冲突为借口就把生活抹黑了？戏写得不好看，是自己的功力不够还是观众的口味太重？

我想实验一下，重新把《王贵与安娜》《请回答1988》那种平和的戏写一次，看看观众是否能接受，就是平凡的生活，普通的人，把岁月染成亮色。

爱不妥协

为什么要写一部关于中医的戏

　　2019 年夏天,《少年派》热播了,我每天接到无数少男少女的请求,要我续写"一秒 CP"(《少年派》主角钱三一和林妙妙"在一起"的情节设定)。到今天还有很多朋友问我《宝贝》什么时候出续集。

　　我已经有了很多作品,为什么可以写的题材这么多,我却偏偏选择大众陌生的中医题材?选择一部全新的、自己也没有把握的作品,前途不确定、结局不确定,冒这样的险值得吗?

　　值得。因为这是我们文艺工作者的使命。

　　我的好友滕华涛,出了一部口碑不好的作品,《上海堡垒》。看他反复道歉又被反复误解,我很难过。这部作品失败了,不代表他不是优秀的导演,他有诸多优秀作品闻达于世，他带出了林妍、曹盾这样优秀的队友，他或许有诸多缺点（谁又不是），但决不能因为他一部作品的失利而抹杀他对中国影视行业的贡献。他完全可以拍一部驾轻就熟的小清新电影，投资人放心，他自己也不费多大力气，可他没有这么做——从他决定拍科幻片起，他就已经是突破自我的创新者。这是我们的历史使命。

每个人在这个社会中所追求的、对自己的定位是不一样的。比如说我有一个朋友，她最喜欢做的职业就是家庭主妇；再比如我曾经问过一个流浪汉，他认为流浪的生活是最舒适的状态，人生已经达到尘埃的低点，旁人对他无所求，他享受的自由是其他人无法想象和体会的。

而我肯定不能过流浪生活。我喜欢干净的大床、与人平等交流，而不是谁都可以向我扔一枚硬币。

我对自己的定义是"开荒者"，是一个创新者，是一个占领阵地的人。比如当初我在写《少年派》剧本的时候，我的投资人质疑这到底是青春剧还是家庭剧，它看上去不符合过去任何一种类型定位。但也是因为《少年派》的出现，之后就会有一种剧的品类叫"青春家庭剧"。所以，人这一辈子要想不断地创新，不断地突破自己的瓶颈，唯一的方式就是拒绝路径依赖。人一旦躺在过去的成就上吃老本，就好像那些买了几十套房子后出租收租、银行存了几个亿吃利息的人一样，你在衰老，你人生之于创造的意义已经停止了。

人一旦不敢迈步往前探索就是真的老了。当然我也清楚每一次探索和创新都是有风险的，很有可能这一次的冒险结果不尽如人意，但是对我而言，我要无愧于我的青春，无愧于我的岁月，现在就是无愧于我的中年——至少我倾尽全力，我尝试了，我没有退缩。

回到中医题材的选择上，我为什么要写这样一部戏呢？我把自己的每一次创作都称为解惑。我在解决我现阶段所面临的社会困惑。

具体来说，二十七、二十八岁那两年，我面临婚姻瓶颈。我自由恋爱，十六岁认识了我前夫，我以为我和他这辈子就会幸福到底。但真的进入婚姻之后，我发现生活的推进十分艰难。我就在想，是每一个人的婚姻都像我这么难，还是我是独此一个？于是我开始追溯父母辈的爱情，他们是媒妁之言，没有自由恋爱，他们吵闹着过了一辈子，但他们也携手走到今天，没有分开。我在思考的过程中越发认为这中间的区别可能在于对生活的理解不同，而这种不同是具有普世性的。他们那一辈人，对承诺的坚守，对责任的担当，要远胜我们这一代。而我们下一代人，姑且不提婚姻的缠斗，是否愿意走入婚姻，都是很好的命题。

创作《双面胶》的初因是网络上大家的一些讨论引起了我的兴趣。我发现中国文化很有意思的一点是，婚姻不是两个人的事情而是两个家庭的事情，两个人的感情即便再好也会因家庭的不调和而消弭。所以如何解决家庭的文化差异、地域差异、背景差异等等，是婚姻永恒的命题，正如中国那句老话："婚姻要门当户对"。我希望借由"门不当户不对的婚姻"来探讨这个现代社会话题。

而到写《蜗居》的时候，我比较清晰地明确了自己的创作方向——我要写我想写的戏。而我想写的、喜欢写的，

爱不妥协

就是当下观察剧，写现在活着的、正在发生的事情，这些
当下在历史中的定位。如果几百年之后的人想知道现在的
中国发生过什么，他们有两种途径：一种是翻阅史书，另
一种是阅读文艺作品。回头看 2006 年至 2009 年，中国
发生了什么、中国人经历了什么，通过《蜗居》就可以窥
见一隅。

在中国历史上，每一次考据历史时重要的依据，是两
把刷子：史观和文学作品，比如关汉卿的作品，比如《红
楼梦》，比如《水浒传》《金瓶梅》。这些作品就是描绘
活在当时历史潮流里的人，他们的挣扎和喜悦都是真实的，
所以动人。

历史由两支笔书写：一支笔属于胜利者，但如果只有
胜利者书写，这样的历史是不客观的；第二支笔属于平民
书写者，是生活在那些历史时刻的人的记录。

我对自己的定位就是历史一段时间的记录者。我将对
世界的好奇和历史的观察投诸笔端，这是我一直以来创作
的动能。

我现在就是想要写一部当下的历史剧，那么当下的历史剧究竟是什么呢？

这又要回到中医题材创作的缘起。2014年9月份，我在安徽汤池写作《女不强大天不容》，有幸结识了我的手法师父高圣洁老师，她带我走进了中医的世界。而到2016年9月，我进入广西中医药大学，师从刘力红老师，脱产完成了我的中医研究生学习。2019年6月拿到毕业证书。在此期间，除第一年在学校学习理论之外，之后两年我一直跟师实践，并一直延续至今，也算小有心得，至少我身边的亲朋都了解并认可我看病的能力。

但我学习中医的目的并不是为了看病。首先从性价比来说，我学医以来问诊看病从不收钱，一直是入不敷出；其次是我认为虽然一对一治疗病人很重要，但并不能真正地、最大限度地造福所有有需要的人。我穷尽一生，就算医术做到顶尖，可医治的人不超过十万，但我若写出一篇好的文章，受惠的人上亿。如果写一部与中国文化相关的作品能够留存于世，这能影响辐射的人是不可限量的。

爱不妥协

　　我之所以研究中医，并不完全是因为我对中国医学感兴趣，我更是对中国的传统文化感兴趣。所谓传统，很多人理解为过去的事，已经没落的、不值一提的事。错！传统是指传承道统，是传承过去的、现在的和将来的事情，是三位一体。正如佛家存在过去佛、现在佛、未来佛。你走进庙里，三叩九拜，以为拜了三尊佛。错！这三尊佛，是一个人，那个人就是你自己。你拜的佛，是你个人的投射，既往不恋，当下不杂，将来不迎，一心一意。所以传承道统是每一代人的事情，它不是单纯的继承或发扬，而是接力棒，自明明他，如火炬般照亮时间的路。

　　纵观世界文明，有记载的四大古文明，其中三大文明——古巴比伦、古埃及、古印度文明，全部消亡了，今人找到的所有蛛丝马迹对它们的解读其实都如管窥蠡测。但中华文明不一样，只有中华文明没有冠以"古"字，因为中国是过去现在都活着、都存在，未来也一定会存在。

　　而中国文化之所以能够历经几千年仍不断焕发生机，我认为要感谢一个人，一个在中国历史上极为了不起且重要的人——孔子。中国没有宗教系统，西方人看中国的宗教就是"Confucianism"（儒学），但事实上儒学并不是宗教，因为它不存在任何膜拜的对象和神话的内容，它就是现实生活中君子的行为。我认为，孔子之于中华文明的重要性在于他就是传统，他是传道的人，他是将古往今来联系在一起的人。如果没有他修书，后人就不会读懂四书五经，就不会读懂"关关雎鸠，在河之洲"；没有他修书，中华文明就会像其他文明一样断代，淹没在历史长河中。我们现代人能够毫无障碍地阅读和引用数千年前的文字，并把它们作为经典流传下来，这就是孔子最大的功德。

中国文化的了不起就在于有了文字、有了书写、有了记叙文，能够将古圣先贤与今人毫无障碍地联系在一起。因为文字、历史、精神不断代，所以中华文明得以迭代更新、屡创辉煌。

中华文明从不依赖于某一个人或某一些人。有些史学家认为元朝、清朝都不是"中国朝代"，因为是外族入侵，但我认为这是大大的错误。因为中华文明最大的特点就是

爱不妥协

包容性和同化性。比如元朝短短不到一百年，从马上的民族变成蒙古贵族吟诗作画、娶汉人为妻；清朝也一样，它能够成为中国历史上极为重要的一个历史阶段，就是因为它沿用了诸如科举制度、官僚体系等汉人传统治理国家。因此，中华文明可以变迁、游离，可以飞转，但是它核心的中华民族的精神内涵永不消失。

在我认识到中华文明的内存性和延续性之后，我越发好奇在一些人认为西方文明占据主导地位的当下，是不是东方文明、中华文明就要退出历史舞台，就可以被取代呢？我认为这是绝无可能的。中华文明过去存在，现在存在，将来也依旧会存在。因为它符合宇宙万事万物运转的法则。正如中医最重要的理论之一就是要"阴阳调和"。

什么叫阴阳呢？我们观察宇宙万物运转的规律，最简单的日升日落、白天与黑夜，哪怕是两极的极昼极夜也是半半平衡，这就是阴阳。所以世界上既有西方，那就一定会有东方，这就是阴阳。在地球已成为"地球村"的当下，西方文明想把东方文明纳为自己的一部分，这是绝无可能的，这个世界不可能只存在一种文明，这是世界运作的阴阳平衡方式。我认为东方文明的存在之于我们整个世界是极大的幸事，它存在的最大意义就是给予世界人以选择。真正的自由就是拥有选择的余地和权利。什么叫选择？选择就是即便在如今强大的现代化西方医疗体系内，仍有很多人（包括西方人）选择自然疗法、中医疗法，这些就是选择，这是人的天性，无可替代。

我写中医就是为了尽可能清楚地告诉大家，为什么中华文明会源远流长，为什么时至今日中医会在全世界大放光华，就是因为中华文明在世界版图中是不可抹去、不可取代，也不会消亡的，因为整个世界文明是多元的、充满活力的。我们尊重、接纳自己的文明就是立命之本，也是发展之源。

人为什么要每天做功课

我每天用 30 分钟左右用毛笔抄一篇《心经》，这是刘力红老师给我布置的功课，也是我一直坚持下来的习惯。

2016 年 6 月下旬的一天，我与刘师在广州，我看他写毛笔字，歪歪扭扭，甚不好看。我说："你字那么难看，为何还写？"他答："我写不好，还能写坏吗？"这句话是他的毛笔字师父教他的，师父说："你写不好，还能写坏吗？啥事都不要执，不好是常态，好是变态。"

刘师说："你别看我现在写不好看，坚持十年二十年后再看，就好了。变化是日复一日、润物细无声的。"

我说："我写写看。"

刘师说："不要写写看，诺了就要做，这就是君子之道。"

"诚者，天之道也；诚之者，人之道也。"——《礼记》

诚是天真，是天原本的样子，而守住这个诚，就是人的本分。大多数时候，人是守不住的。

什么是诚？诚是不我欺，诚是连自己都不欺骗，应诺了就去做，不因他人的期许，不因环境的变迁而改变。刘师说，学好中医的第一要务就是学好做人。做学问老老实实，懂即懂，不懂也正常。我在刘师那里，听得最多的恰恰是："这个事，我没有研究过，我没有发言权。"

我依老师言，从拿笔起至今，基本保持了每日功课。

我为什么每天都要做功课呢？原因有二：其一，每天默写的内容是有力量的，它是"清空"自己的过程。我们一天生活下来就会积攒能量，不管是正能量还是负能量，这些能量都需要梳理再吸收或者排出，写功课就是进行能量处理和重启的过程。就好像你的手机，不充电不能用，不清缓存内存不能用；汽车，不保养不能用，不换刹车片不能用。你如何就相信你自己不需要任何维护，裸奔上路几十载还能用？不要跟我说你有保养，你护肤了，你健身

爱不妥协

了，这是形。你养神了吗？你每天忙忙碌碌，与社会交集，完成老板的工作、家庭的责任、朋友的邀约，你养护你自己了吗？所以其二，每一次做功课的过程都是与自己相处，是养护自己的神，"神守舍"。写字的过程是一心一意、心无旁骛地与自己相处，有一丝杂念，字就不工整，就会写错。你打着电话或者想着账单，那篇字看起来就七零八落。所以写字也好，打坐也好，练八段锦也好，弹琴也好，最终是每天留一段时间心身相符相应，你听得见内心的呼唤，亦感受得到身体的回应。这才是最重要的保养。

那么为什么要用毛笔书写呢？因为毛笔与钢笔、铅笔、圆珠笔等其他文具的区别在于，它的笔头是软的。毛笔柔软的特点又与中医的特点是相呼应的。中医相较西医也是柔和的，它不是对抗性的医学。

西医是对抗性的医学，它的特点就是与疾病作战到底，不是你死就是我亡。所以它会使用抗生素、镇静剂、杀菌药、灭滴灵等"杀、灭、抗"这样的字眼来攻击疾病。

但是，我们不能忘了，疾病长在我身，长在你身，疾

Chapter 4
拿起行囊就走

病和我们是一体的，是密不可分的。疾病的生长之源是我们，如果没有我们，自然也不存在疾病了。所以我们与疾病的关系并不是你死我活的关系，而是唇亡齿寒、共生共死。最具代表性的就是癌症与人体的关系。

我最近也听到很多关于癌症的前沿描述，其中一个共识是：为什么癌细胞难以杀灭？因为癌细胞其实是正常的细胞。我们都知道正常细胞最大的特点就是真正实现了"共产主义"，可以按需分配、自主劳动。比如肺部细胞、肝部细胞、血红细胞等，都各司其职，做到索取有度、贡献得当。再比如我们体内的白细胞是负责对外防御的，一旦有外部病毒或者细菌攻击，它们就会群起而攻之，把它们赶出去，之后再愈合，它可以区别自体细胞之外的细胞。但癌细胞就是自体细胞，它与其他细胞的区别就在于它在原岗位上消极怠工。简单来说，高温40℃以上的天气里，建筑工人还继续工作的话会有危险，所以无论老板怎样命令，他们自主地就会去阴凉地里坐一坐。癌细胞也是一样，比如人体受寒久病不愈，或者抽烟过度，整个肺部乌烟瘴

爱不妥协

气，这一片的环境不适合工作的时候，正常的细胞就放弃工作了，不仅如此，懈怠的细胞们还在继续快速繁衍，所以当这一片不够它住了之后，它们就要找其他适合偷懒的地方，就进行了转移。这就是癌细胞的运作规律。西医的治疗方法就是通过割除和各种光刀靶向定位扫射，期望将癌细胞消灭干净。但坏处是很难将癌细胞消灭干净，过一段时间它们容易死灰复燃。

中医治疗疾病的思路与西医不同，就像毛笔与纸张的关系一样，毛笔可以随心所欲地在纸上游动，不似硬笔书法与纸张的对抗关系，毛笔是真的可以做到游走随心。中医对待疾病的方法不是对抗，它更强调的是疾病对健康的"控股权"。百分百健康的人现实生活中基本不存在，人活在世上就像运行一辆汽车，可能哪里有了小磕小碰，又可能机油要换、刹车片要更新，我们要学会的是与疾病和平相处，小毛病及时修理，不发展成大病；真的有了大病，中医就是帮助我们自己掌握身体健康的控股权，我们不要求疾病彻底消亡，但是可以降低比例，健康的那部分可以控股。

所以中医的特点是尚礼而不是尚刑。大家不要理解成礼是好，刑是不好。不要有二元对立思想。就好像阴阳，阴和阳哪个是好，哪个是不好？孤阴不生，独阳不长，只有刑或者只有礼，都是不好，一个正常运转的社会，就是要有刑有礼。正常的世界，就是要多元文化。

中医对待疾病也是以诚相待、以礼相待。有一篇文章提到贾平凹在谈及肝病时说，在得知患有肝病的时候他首先是忏悔，因为他过去长期生活不规律、烟酒不忌，对身体造成了极大的戕害，所以得病是自己造成的，不能怨天尤人。贾平凹明白了疾病之源在于自己不节制的生活方式之后，他试着回归正常的生活方式，"食饮有节，起居有常，不妄作劳。"疾病自然就回到可控状态。他还学会与疾病对话——和肝说悄悄话。

中医强调"食饮有节，起居有常，不妄作劳"，强调生活要有度有节制。节制本身就是礼。现代社会，随着机械化在生活中运用越来越广，人力对社会的贡献已经退缩

爱不妥协

一角，未来对社会贡献最多的是智慧，而寿命越长，智慧的贡献越大。

即便科学发展到今天，我们对疾病的认知还是有限的，我们对人的认知也是有限的。中国古人的智慧最了不起的一点就在于对疾病的认识是从人开始，他们从不要求疾病如何，而是要求人，人做到了，疾病自然就远离了。

底线思维

在一个健康讲座上，我特地提到"底线思维"的"底线"怎么理解。国家反复提醒大家要有"底线思维"，感觉有些老百姓尚未与国家处于同呼吸共命运的阵线上。

不怨诸位。和平年代太久了，以至于我们忘记了苦难的滋味。我们能想到的底线和生活即将给我们的底线，可能完全不在同一"底线"上。比方说，我们能接受不涨工资，但没有做好降薪准备；比方说，实在不行，降薪也可以，但没想过万一失业我还可以做什么谋生；没想过如果收入锐减，我生活中哪些部分是必须放弃的。

谈几件事：

一、新冠肺炎疫情期间，我微博私信里有很多心焦的母亲，要求我微博上呼吁，请国家多开班机，让在海外留

学的孩子们能回家。我们想都想得到，那些疫区中的国家
自顾不暇，不会照顾好滞留本国的外国孩子。已经有很多
留学生，从忍耐坚持到焦虑、失去耐心，不顾一切想回家，
这样让国内的父母更加牵挂。这就涉及底线思维——现在
的混乱状况，在当初送娃出去的时候是绝对没有想到的。
有家长跟我说，包机！让孩子回来！那么多飞机停在机场，
能不能算一下费用？我们自己组织！结果测算下来，一是
线路没有，二是费用高到普通家庭承受不起。爱是无价的，
可家里储蓄是有限的，怎么平衡？

二、有家庭在买房的时候满打满算，贷款加生活费加
孩子教育费用后，积蓄为零。那两天我收到很多微博留言，
说自己若失业，房子贷款就还不上，不敢想这样的日子。
把美好日子当成正常日子过，说明你没有底线思维。家庭
要有抗风险能力，包括一人失业另一人的收入能不能维持
运转。如果不能，迅速大房换小房需要多长时间？这段时
间内家里积蓄和还贷还够吗？预见风险和降低风险，就是
底线思维。

Chapter 4
拿起行囊就走

三、有家长跟我说，当初送孩子出国，已经是咬紧牙关，现在看来要卖房供娃了，否则撑不下去。我认为这时候就应该想，孩子若转学回国念书，对孩子一生影响到底有多大？家长需要卖房卖地供娃读书吗？卖完房产还有其他储备供自己度过未来三到五年难关吗？另外，把自己宝贵的弹药输送到英美等国的经济血液中去，等孩子毕业了，这些国家会提供就业机会吗？如不能，在艰难的就业形势下，你觉得我们国家在保就业时，是优先眷顾国内高校毕业生还是外国留学回来的学生？你确定在艰难的经济环境下，企业还会继续招新人吗？

前两天看到新闻，美国白宫被巴士包围，因为巴士司机抗议自己的收入减少及失业。在疫情下，停工停产，很多学校、单位或者公共交通用不到巴士，造成司机生活困窘，美国民众大多是刷卡生活，没有积蓄，他们就过不下去了。

回到中国，我们每个家庭，钱袋里还有多少现金可以扛过未来的艰难？存钱是亚洲人的天性及美德。但随

爱不妥协

着金融发展和消费诱惑,各种贷款刷卡透支,让新一代中国人把防患于未然的品德丢失了。一旦有变故,措手不及。

大家天天恐慌手里货币贬值,急于换成资产或者票券,殊不知在困难时期,现金流才是最宝贵的资源,它可以保证你日常用度,更可以让你有机会在资本市场抄个地狱底。在不能判断地狱底的时候,手里有钱,心里不慌。

灾难是坏事,但也是好事,可以让我们审视自己的欲望有多疯狂,审视金融的泡沫有多大,审视我们过去对资源的浪费有多么惊人。一箪食一瓢饮,三餐甚至两餐足矣,其他都是立命之外的奢欲。

想明白这些道理,提前做好准备,内心就不会恐慌。

庚子年,一动不如一静。

最后一个底线思维:你知道你最贵的财产是什么吗?是你的生命。性命在,一切都会有好转的机遇。性命不在,再美好的未来跟你有什么关系呢?

经济越差,抗压力就要越强。健康维护越发重要。

多运动多休息，保存实力，应对即将到来的风险。还要把万一病了需要花的费用做进预算。——但最好，是身心健康，少花、不花这笔钱。

爱不妥协

微笑再会

电视剧《安家》已经播完。

我很难说它是我的作品。

明明每个字都是我们创作团队码的，改了又改，改到要呕吐，但，当它呈现在荧幕上，我哭得忘记这戏的妈是谁。

这是所有创作者的孩子。我相信导演安建，演员罗晋、孙俪，都会对戏里那个自己无比欣慰。王自健说他配音配到王子开单集体唱"海草"的时候，自己居然在机房泣不成声。

好作品的诞生，不是偶然，是每个参与者全身心投入的结果。我是个懒编剧，确切地说，每次剧集开拍时，我已经开始写新戏，所以不怎么去现场。寥寥几次探班，惊诧于演员的忘我。40℃的天，棚里要晒爆了，化妆团队一直站在大灯后等补妆。道具、场记、服装，无一不倾尽全力，连场外流动餐饮车的老板，都完美地站好他们的岗。

开播几天，有朋友告诉我，整个地产中介业每天把《安家》当成业务讨论，我收到好多中介感谢信，因为这部戏，他们再打电话推销楼盘，客户会主动找他们拉家常，问他们累不累，最近疫情生活还好吗……以至于他们工作效率下降。

我在武汉采访，遇见一位年轻的在重症室挑大梁的护士，她说了同样的话。我说："感谢你远离亲人冒着风险保卫我们。"她忽然哭了，说："六六老师，我要谢谢您。八年前，我看了《心术》，决定报考护理专业，我想成为美小护！"我和她一同落泪。

我没想到，一部文艺作品，改变她的一生，而我们竟然有一天穿着同样的防护服，看不清彼此面目，心却连接在一起。

"徐姑姑"的原型徐东华，发表了一篇文章：《从〈安家〉说起：房产经纪人的价值观》。每个行业的从业者都

爱不妥协

有价值观，什么是价值观？价值观就是良知。

每个行业的从业者，都有良知。良知是什么？

"天命之谓性"。你与生俱来的第一感觉，做了这件事会为自己骄傲。这就是良知。

那些明知新冠肺炎有危险，依然报名冲到武汉的"90后"姑娘；

那个不建议我买顶楼漏水便宜房屋的"徐姑姑"；

那个武汉封城后逆行回来做志愿者的姐姐；

那个离世前留字捐献遗体的逝者；

都是天然良知。

"率性之谓道"。你不会在意他人眼光，不会计较个人得失、表彰时会不会有你的名字，你看到寂静的街道重新慢慢变得车水马龙，堵车堵到你心焦，以前你会暴躁，现在你会笑。

《安家》这部戏曲终人散时疫情还没结束，而我们的国家，飞机会起落，高铁会穿梭，孩子们会回到学校。

《安家》和所有人一起走进历史。你再看的时候，也许会想起那些戴口罩的日子，隔着玻璃的飞鸟，和半夜12 点下单抢菜。

"修道之谓教"。做好自己分内的事，就是修道。

其实不应是房产中介感谢我，是我要感谢我的采访对象。你们忘记了，这么精彩的故事，是你们认真生活的写照。

祝我爱的人，一切都好。

我又要去修道了，珍重！

对了，还要祝福重症室里的"美小护"，愿你早日找到你爱的霍思邈。

图书在版编目（ＣＩＰ）数据

爱不妥协／六六著 . — 武汉：长江文艺出版社，
2020.9

ISBN 978-7-5702-1721-2

I. ①爱… II. ①六… III. ①随笔 - 作品集 - 中国 - 当代 IV. ① I267.1

中国版本图书馆 CIP 数据核字 (2020) 第 140202 号

爱不妥协

六六　著

选题产品策划生产机构 ｜ 北京长江新世纪文化传媒有限公司

总　策　划 ｜ 金丽红　黎　波

策划编辑 ｜ 张　维

责任编辑 ｜ 张　维　　　　装帧设计 ｜ 郭　璐　　　　媒体运营 ｜ 刘　冲　刘　峥　洪振宇

法律顾问 ｜ 梁　飞　　　　内文制作 ｜ 张景莹　　　责任印制 ｜ 张志杰　王会利

总　发　行 ｜ 北京长江新世纪文化传媒有限公司

电　　话 ｜ 010-58678881　　　　　　　　　　传　　真 ｜ 010-58677346

地　　址 ｜ 北京市朝阳区曙光西里甲 6 号时间国际大厦 A 座 1905 室　　　邮　编 ｜ 100028

出　　版 ｜ 长江出版传媒　长江文艺出版社

地　　址 ｜ 湖北省武汉市雄楚大街 268 号湖北出版文化城 B 座 9-11 楼　　　邮　编 ｜ 430070

印　　刷 ｜ 三河市兴博印务有限公司

开　　本 ｜ 787 毫米 ×1092 毫米　1/32　　　印　　张 ｜ 8.25

版　　次 ｜ 2020 年 9 月第 1 版　　　　　　印　　次 ｜ 2020 年 9 月第 1 次印刷

字　　数 ｜ 110 千字

定　　价 ｜ 48.00 元

盗版必究（举报电话：010-58678881）

（图书如出现印装质量问题，请与选题产品策划生产机构联系调换）